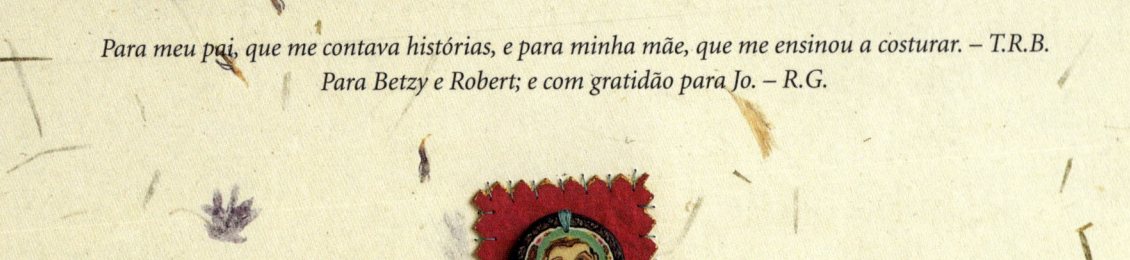

*Para meu pai, que me contava histórias, e para minha mãe, que me ensinou a costurar.* – T.R.B.
*Para Betzy e Robert; e com gratidão para Jo.* – R.G.

Esta obra foi publicada originalmente em inglês com o título THE FABRICS OF FAIRYTALE
por Barefoot Books, Bath, Inglaterra
Copyright © 2000 by Tanya Robyn Batt, para o texto
Copyright © 2000 by Rachel Griffin, para as ilustrações
Fica assegurado a Tanya Robyn Batt o direito moral de ser reconhecida como autora
e a Rachel Griffin o direito de ser reconhecida como ilustradora desta obra.
Copyright © 2010, Editora WMF Martins Fontes Ltda., São Paulo, para a presente edição.

1ª edição 2010
3ª tiragem 2021

Tradução WALDÉA BARCELLOS

Revisão da tradução *Monica Stahel*
Acompanhamento editorial *Luzia Aparecida dos Santos*
Revisões *Márcia Leme, Helena Guimarães Bittencourt*
Edição de arte *Katia Harumi Terasaka*
Produção gráfica *Geraldo Alves*
Paginação *Moacir Katsumi Matsusaki*

Dados Internacionais de Catalogação na Publicação (CIP)
(Câmara Brasileira do Livro, SP, Brasil)

Batt, Tanya Robyn
   O tecido dos contos maravilhosos : contos de lugares distantes / recontados por Tanya Robyn Batt ; ilustrados por Rachel Griffin ; tradução Waldéa Barcellos ; revisão da tradução Monica Stahel. – São Paulo : Editora WMF Martins Fontes, 2010.

   Título original: The fabrics of fairytale.
   Bibliografia
   ISBN 978-85-7827-284-5

   1. Contos – Literatura infantojuvenil I. Griffin, Rachael. II. Título.

10-04451                                                    CDD-028.5

Índices para catálogo sistemático:
1. Contos : Literatura infantojuvenil   028.5
2. Contos : Literatura juvenil   028.5

Todos os direitos desta edição reservados à
***Editora WMF Martins Fontes Ltda.***
Rua Prof. Laerte Ramos de Carvalho, 133 01325-030 São Paulo SP Brasil
Tel. (11) 3293.8150 e-mail: info@wmfmartinsfontes.com.br
http://www.wmfmartinsfontes.com.br

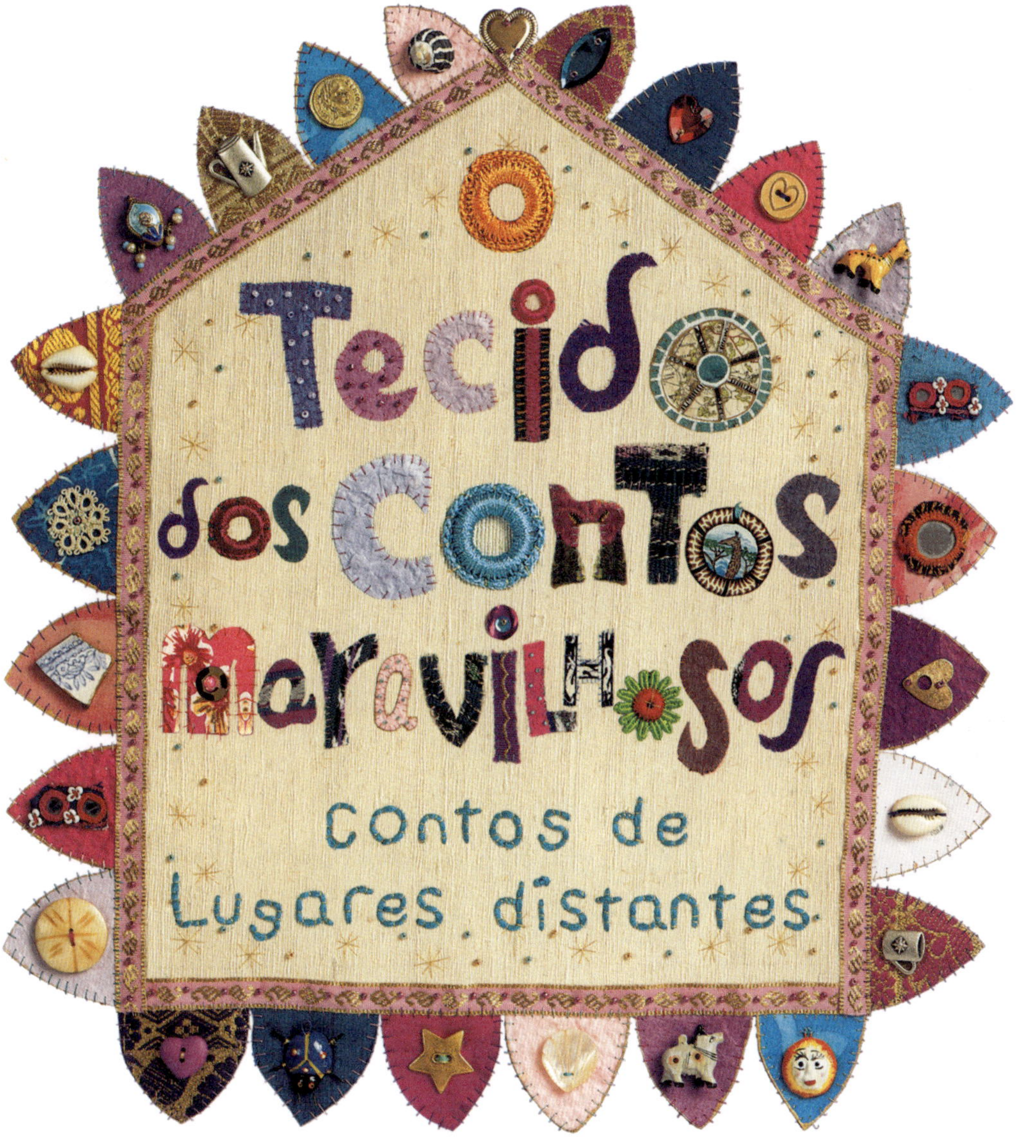

# O Tecido dos Contos Maravilhosos

## Contos de Lugares distantes

recontados por
## Tanya Robyn Batt

ilustrados por
## Rachel Griffin

tradução Waldéa Barcellos
revisão da tradução Monica Stahel

# Sumário

**6**
Introdução

**10**
## Anaeet, a perspicaz
Armênia

**20**
## O tecido da serpente Pembe Mirui
conto suaíli

**30**
## O brocado de seda
China

**42**
## A capa de plumas
Havaí

**52**
## As três fadas
*Suécia*

**62**
## O casaco de retalhos
*conto judaico*

**72**
## A bênção do crocodilo
*Indonésia*

80
Fontes e Bibliografia

# Introdução

Há muito tempo, entre as tramas e urdiduras do mundo, quando rendas e brocados enfeitavam a terra, quando o céu do dia era cetim azul real e o céu da noite veludo escuro... havia um lugar, enfurnado entre os vales e as colinas, onde tecelões e artífices de palavras, costureiras e contadoras de histórias davam vida aos tecidos dos contos de fadas.

Contar histórias e fazer tecido são atividades humanas fundamentais, pois ambas exprimem o desejo de unir o comum ao fabuloso. E naturalmente, na carda e fiação da lã, na tecedura do pano e no tingimento dos fios, sempre houve, entre as gerações e as culturas, troca de intrigas, chistes, canções e histórias. Mas do que falavam nossos antepassados? Quais eram suas preocupações? O conhecimento histórico que temos de civilizações anteriores à nossa foi obtido a partir do estudo de ossos, barro, metal e pedra. O estudo da história através dos tecidos é difícil, já que o pano tem uma tendência natural a se deteriorar. Os fragmentos mais antigos de que se tem conhecimento datam de 3 000 a.C. e foram recuperados de pântanos na Escandinávia. Entretanto, a técnica que se revela nesses tecidos indica que a tecelagem e a produção de pano já tinham sido dominadas havia muito mais tempo. Os primeiros teares datam aproximadamente de 6 000 a.C., mas o tear manual simples, usado ainda hoje nas Américas Central e do Sul, provavelmente já existia milhares de anos antes. É interessante pensar que poderíamos saber muito mais se conseguíssemos acompanhar através dos séculos a trajetória do linho ou do algodão, do fio de seda ou de ouro.

A produção de tecido é tão disseminada que a maioria das culturas tem registros escritos ou orais que dão conta de uma divindade, geralmente uma deusa, associada à produção de tecidos. Os povos dogons do Mali atribuem a criação de todas as coisas às atividades de fiar e tecer. Sua mitologia fala do Sétimo Espírito Ancestral, feminino, que usou o rosto para tecer o mundo, com oito fusos de algodão que lhe saíam da boca. Para os gregos antigos, a deusa Atena governava a arte da tecelagem e a arte da cerâmica. E, na Índia, Visvakarma, o divino arquiteto do universo, é alvo de devoção de artesãos de todos os tipos.

Atualmente, as fibras sintéticas tornaram-se corriqueiras nas nações industrializadas, mas o tecido pode ser criado a partir de uma enorme variedade de fibras vegetais e animais. Alguns dos materiais mais comuns são o algodão, a seda, a lã, o linho e o cânhamo. Na maioria das sociedades, cabe basicamente às mulheres a tarefa de produzir tecidos. Geralmente as mulheres são fiandeiras e tecelãs, são elas que criam os tecidos e os acessórios da casa. Contudo, nas sociedades em que há uma divisão nítida entre a produção têxtil para uso doméstico e para o comércio, os mestres tecelões e artesãos quase sempre são homens.

Segundo a tradição, as diferentes culturas e seus substratos sociais e profissionais identificam-se pela escolha do material, das técnicas de produção e das padronagens e desenhos dos tecidos que são fabricados e usados. No entanto, as diversas características dos tecidos também refletem os encontros entre os diferentes povos do mundo. Os têxteis sempre foram uma mercadoria importante, e muitas relações se construíram com base no comércio da seda e do algodão. Em muitos países, os têxteis são um testemunho do intercâmbio cultural, seja pelo modo de aplicação de uma técnica de tecelagem, de uma nova tintura, seja pela associação de estampas, como por exemplo uma árvore da vida oriental aliada à imagem de um jardim inglês, como aparece em tecidos de algodão indiano.

Os tecidos têm uma multiplicidade de usos. Eles têm basicamente a finalidade prática de aquecer e proteger, mas também são usados para transporte, mobiliário, podem denotar condição social e posição na escala de poder, e têm importância crucial nos rituais espirituais e nos cerimoniais de muitos povos. O bordado de um elaborado xale de orações, a costura à mão, os trabalhos de crochê e de tear para um enxoval, o envolvimento dos cadáveres em mortalhas, a passagem de uma capa de plumas de uma geração para a outra – todos esses elementos e práticas nos dizem algo sobre o que significa sermos humanos. E naturalmente cada um tem sua história a contar. Portanto, vire a página e delicie-se com o fiar e o tecer dos contos. Observe que a urdidura é aquilo que é constante e imutável, ao passo que a trama é constituída pelos fios de cores claras e escuras, cuja dança cria padronagens cheias de vida e desenhos intrincados. São os fios que dão forma, cor e textura a nossas vidas. São os tecidos dos contos de fadas.

*Tanya Robyn Batt*

# Tapeçaria no Cáucaso e na Pérsia

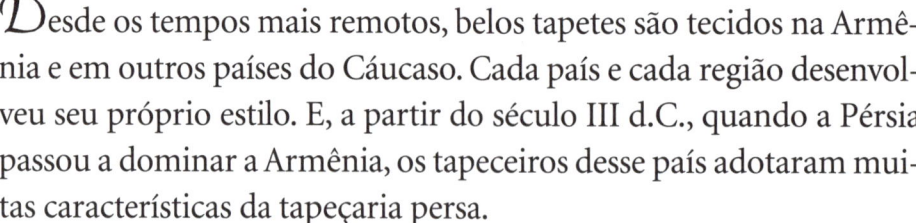

Desde os tempos mais remotos, belos tapetes são tecidos na Armênia e em outros países do Cáucaso. Cada país e cada região desenvolveu seu próprio estilo. E, a partir do século III d.C., quando a Pérsia passou a dominar a Armênia, os tapeceiros desse país adotaram muitas características da tapeçaria persa.

As tribos nômades da Pérsia e do Cáucaso usam lã de camelo, de cabra e de carneiro para confeccionar seus tapetes. A lã de carneiro é a mais comum, mas pelos de camelo e de cabra, seda e algodão costumam ser acrescentados ao tapete para aumentar sua resistência e permitir maior variação de texturas. Os tapetes são geralmente feitos com nós, ou têm a forma de um *kilim* tecido em tear plano, como o tapete tecido nessa história pelo rei Vachagan e seus companheiros de cativeiro. Existem dois tipos de tapetes feitos com nós: os de nós persas e os de nós turcos. Os nós turcos são mais comuns no Cáucaso. Quanto mais nós o tapete tem por centímetro, melhor ele é.

Tradicionalmente, as fibras dos tapetes são tingidas com corantes extraídos de fontes naturais, como por exemplo raízes de árvores, folhas, liquens e até mesmo insetos – a anileira para o azul, a cochonilha ou a garança para o vermelho e o resedá ou o açafrão

para o amarelo. A cor verde (obtida pela mistura de corantes azuis e amarelos) era usada com parcimônia, por ser a cor sagrada do Islã.

Os tapetes são tecidos em tear horizontal ou vertical. As tribos nômades preferem o tear vertical, pois é mais leve e é fácil de ser desmontado para ser carregado em dorso de camelo. Contudo, cada vez que o tear é transportado, a tensão da urdidura muda e o desenho acaba se alterando.

Depois que uma pequena extensão do tapete é amarrada com nós e cada fileira de nós é compactada com um pente ou com uma faca, o artesão faz o acabamento com uma grande tesoura de aparar. Então o desenho se revela com clareza. Por fim, quando o tapete fica pronto, ele é lavado para diminuir sua rigidez e restaurar o brilho de seus fios.

Além de serem coberturas para o piso, os tapetes são usados como tecido para mobiliário, cortinados, panôs e alforjes para animais. Um dos tapetes mais famosos já confeccionados talvez tenha sido um *kilim* persa conhecido como "Primavera de Khosrau". Como o primeiro tapete que Vachagan faz para Anaeet, esse famoso *kilim* representava um jardim – inspirado pela noção islâmica de que o paraíso tem a forma de um jardim. Ele tinha mais de 60 metros de comprimento e, tal como o segundo tapete da história, era feito de fio de ouro e prata, de seda e de pedras preciosas e semipreciosas. Riachos eram indicados por cristais, o chão era tecido com fio dourado, as folhas eram trabalhadas em seda e as flores representadas por pedras preciosas. Era de fato um tapete mágico!

# Anaeet, a perspicaz
*Armênia*

Um dia, na terra da Armênia, nasceu um belo príncipe chamado Vachagan. À medida que crescia, ele foi aprendendo todas as artes nobres – línguas, música e poesia –, mas seu passatempo preferido era a caça.

Numa manhã de primavera, quando estava caçando, Vachagan passou por uma pequena aldeia. Havia horas que ele vinha cavalgando debaixo de um sol forte. Estava com a boca ressecada e a cabeça estonteada. Em torno do poço havia um grupo de moças, cada uma enchendo seu balde com água pura e fresca. Ao ver Vachagan tão acalorado, uma delas estendeu-lhe um cântaro cheio de água. Vachagan estava prestes a beber quando outra moça lhe arrancou o cântaro das mãos e despejou a água no seu balde. Vachagan ficou olhando, espantado, enquanto a moça novamente enchia o cântaro e despejava a água no balde. Depois de fazer isso várias vezes, como se quisesse provocá-lo, ela acabou oferecendo o cântaro para que ele bebesse.

Vachagan bebeu toda a água e olhou para a moça.

– É costume deste lugar provocar desconhecidos? – ele perguntou.

– Não foi essa minha intenção – respondeu a jovem. – Você estava muito acalorado, e beber água fria nessas condições lhe faria mal. Antes você precisava se refrescar um pouco.

A resposta da moça impressionou o príncipe, tanto quanto sua beleza.

– Como você se chama? – ele perguntou.

– Sou Anaeet, filha de Aran, o pastor – ela respondeu. – E quem é você?

– Não posso dizer agora – ele respondeu com um sorriso –, mas logo você saberá.

Vachagan voltou ao palácio, onde declarou que desejava se casar com Anaeet, a filha do pastor.

– Vachagan – protestou sua mãe –, muitas princesas são dignas de sua atenção. Um príncipe não deveria se casar com uma pastorinha.

Mas Vachagan estava decidido. Por fim, seus pais concordaram em enviar um mensageiro à aldeia de Anaeet, levando presentes e uma proposta de casamento.

Aran, o pastor, deu boas-vindas ao mensageiro do rei e estendeu um tapete diante dele. Sobre o tapete, o mensageiro dispôs finos tecidos, joias e óleos preciosos. Quando ele se apresentou, Anaeet sorriu. Então o belo desconhecido era o Príncipe Vachagan. Contudo, quando o mensageiro pediu a mão de Anaeet em casamento em nome do príncipe, ela ficou muito séria.

– Diga uma coisa – ela disse –, qual é o ofício do príncipe?

O mensageiro ficou boquiaberto.

– Ele é o príncipe. Não precisa ter ofício nenhum, pois todos os súditos do rei são seus serviçais.

– Hoje, príncipe; amanhã, mendigo – retrucou Anaeet. – Todos deveriam ter um ofício, pois ninguém sabe as voltas que o destino pode dar. Não me casarei com um homem sem ofício.

O mensageiro levou a resposta de Anaeet ao palácio, onde a rainha e o rei secretamente suspiraram aliviados. Vachagan, porém, não desistiu.

– É sensata a conclusão de Anaeet – disse ele. – É claro que todos os homens deveriam ter um ofício.

E o príncipe convocou os conselheiros do reino para ajudá-lo a escolher uma profissão.

Depois de muitas deliberações, decidiu-se que a tecelagem era o ofício mais adequado para um príncipe. Um artífice das oficinas reais foi designado para ser seu instrutor. Terminado o ciclo das estações, Vachagan já tinha dominado a técnica.

Vachagan teceu para Anaeet um lindo tapete, representando um jardim. Depois mandou chamar o mensageiro real para que levasse o tapete até a casa de Aran, o pastor. Ao receber o tapete Anaeet sorriu e, de bom grado, concordou com o casamento.

E assim Vachagan e Anaeet se casaram. As festas duraram sete dias e sete noites. Houve música e dança, e as mesas chegavam a ranger sob o peso de tanta comida.

O jovem casal vivia feliz e, depois que o rei e a rainha morreram, Vachagan foi coroado rei. Nos anos que se seguiram, o povo da Armênia vivia satisfeito, pois jamais tinha sido governado com tanta justiça.

Entretanto, com o passar dos anos, algo estranho começou a acontecer. Pessoas vinham ao palácio para informar que parentes e amigos tinham desaparecido. Mães falavam de filhos que não tinham voltado da feira, mulheres falavam de maridos que tinham sumido. Esses relatos eram cada vez mais numerosos, e a preocupação do rei e da rainha era cada vez maior.

– É estranho que tanta gente esteja desaparecendo – Anaeet disse ao marido. – Talvez fosse bom você misturar-se ao nosso povo para ver com seus próprios olhos.

Assim, disfarçado de camponês, Vachagan partiu e deixou a perspicaz Anaeet governando em seu lugar. Ele se sentava nos poços das aldeias para escutar os rumores e, sem ser reconhecido, circulava entre os súditos mais prósperos e os mais pobres. Aonde quer que fosse, sempre ouvia histórias de pessoas desaparecidas, mas não vislumbrava nenhuma solução para o mistério.

Um dia, ele chegou a uma cidadezinha movimentada e, na feira, avistou uma multidão de homens. Ao se aproximar, viu que eles se aglomeravam em torno de um homem vestido de sacerdote. Ele cantava, e a seu lado havia outro sacerdote.

A voz do homem era clara e agradável, e tinha algo de hipnótico. Os homens que o cercavam mantinham-se estranhamente silenciosos. O sacerdote que cantava e o outro deram meia-volta e foram andando rumo aos portões da cidade. A multidão os seguia como que em transe, e Vachagan também foi atrás deles.

Saíram pelos portões e foram caminhando em procissão através dos campos, na direção das montanhas. Chegaram a uma alta muralha de pedra na qual havia uma porta de madeira, enorme e pesada.

O primeiro sacerdote tirou das dobras da capa uma grande chave e abriu a porta, que dava para uma praça. De um lado, erguia-se um grande templo de pedra que refulgia em vermelho sob o sol; do outro lado, havia um templo menor. Vachagan e os outros homens foram conduzidos para esse templo, que ocultava a entrada de uma caverna. Os homens entraram em fila pelo portal. Atrás deles, a porta de ferro fechou-se com um rangido. A escuridão os envolveu. Aos tropeções, Vachagan e seus companheiros foram avançando às cegas. O ar era frio e úmido.

Quando seus olhos se adaptaram ao escuro, eles viram um vulto magro e encurvado que vinha mancando ao seu encontro.

– Acompanhem-me – ele disse, com rudeza, indicando o caminho com um vago gesto da mão ossuda e retorcida.

Eles atravessaram três cavernas imensas, cheias de homens em estado tão lastimável quanto o guia. Cada um fazia algum tipo de trabalho: alguns costuravam, outros esculpiam ou tricotavam.

– Coitados de vocês! – suspirou o guia. – Aquele sacerdote maldito também os arrastou para este triste destino. Pois todos decerto morrerão, embora alguns mais cedo que outros. Todos os que tiverem um ofício trabalharão até morrer, ao passo que os despreparados serão mortos imediatamente.

Nesse instante, um sacerdote se aproximou, escoltado por guardas armados. Ele empurrou o guia para o lado rispidamente e dirigiu a palavra aos homens.

– Quem de vocês tem um ofício?

Altivo, Vachagan avançou um passo e falou.

– Todos nós temos um ofício, pois sabemos tecer os tapetes mais belos que vocês já viram. São mais valiosos que ouro e mais delicados que a plumagem do peito das aves.

O sacerdote apertou os olhos e ordenou que fossem providenciados os materiais necessários.

– Se for mentira o que está dizendo, vocês serão esfolados vivos – ele rosnou.

Imediatamente todos começaram a trabalhar, comandados por Vachagan. Horas e horas os homens se debruçavam sobre o tear, controlando as lançadeiras que voavam de um lado para o outro. Seus olhos doíam de acompanhar na penumbra o desenho delicado que se formava. Foram todos ficando pálidos, magros e abatidos. Aos poucos, porém, sob a orientação de Vachagan, começou a surgir o mais belo dos tapetes. Os fios de cores vivas teciam desenhos rebuscados, o fio de ouro formava símbolos sagrados e sinais de boa sorte. E na teia complexa surgiu bordada uma mensagem. Ela falava do cativeiro de Vachagan e de sua localização, mas era visível apenas para olhos muito argutos. Terminado o tapete, o sacerdote ficou realmente impressionado.

– É um tapete digno da família real – sugeriu Vachagan –, pois no tecido há sinais e símbolos antigos que as pessoas comuns não compreendem. Tenho certeza de que até a rainha Anaeet se encantaria com sua beleza. Garanto que ela pagaria um bom preço por ele.

Naquela mesma noite, o sacerdote partiu para o palácio.

A rainha Anaeet governara com sabedoria durante a ausência de Vachagan. No entanto, agora que o fim do ano se aproximava, ela estava preocupada com a segurança do marido. Sempre que mercadores, menestréis e outros viajantes visitavam o palácio, ela escutava suas histórias com atenção, na esperança de ouvir notícias de Vachagan.

Certa manhã, a rainha Anaeet estava sentada no jardim do palácio quando um criado anunciou a chegada de um sacerdote.

– Majestade – disse o criado –, esse visitante diz que está trazendo um tapete digno apenas dos olhos de uma rainha.

O sacerdote recebeu permissão para entrar. Diante da rainha, fez uma reverência e, com um floreio, começou a desenrolar o tapete. As aias de Anaeet mal contiveram um grito de assombro quando a luz bateu nos fios de ouro.

No entanto, a rainha Anaeet mal olhou para o tapete. Estava com o coração apertado, constantemente perturbada pelo medo de que alguma desgraça pudesse ter acontecido ao marido. Percebendo sua falta de interesse, o sacerdote começou a louvar cada detalhe do tapete.

– Majestade, não há outro tapete como este. Ele supera em brilho as estrelas e é mais delicado ao toque do que as pétalas de uma rosa. Além disso, Majestade, ele é dotado de propriedades mágicas. Tem sinais e símbolos que só alguém com a sabedoria de Vossa Majestade é capaz de compreender.

Com isso, ele acabou conseguindo despertar o interesse de Anaeet. Segurando nas mãos uma ponta do tapete, ela viu

letras primorosamente entretecidas no desenho. Então passou a ler a mensagem, com alegria cada vez maior, dando-se conta de que era de Vachagan. Dizia que o portador do tapete era seu carcereiro. O rei descrevia o terrível sofrimento dele e de seus companheiros e indicava o local de seu cativeiro.

Na mesma hora Anaeet ordenou a prisão do sacerdote e a convocação do exército, que partiu do palácio sob o comando da própria rainha.

Viajaram por algum tempo, seguindo rigorosamente as indicações de Vachagan. Finalmente, Anaeet avistou o topo do templo de pedra vermelha. Confundindo o clamor do exército de Anaeet com o som da chegada de mais prisioneiros, os sacerdotes destrancaram os portões e o exército entrou.

Em minutos, os soldados reais capturaram todos os sacerdotes e arrombaram a grande porta de ferro que dava acesso às cavernas secretas. Por ela foram saindo os prisioneiros, trôpegos, ofuscados pela luz do sol e arrasados pelos maus-tratos recebidos. Por último saiu Vachagan, trazendo nos braços um homem que estava fraco demais para andar.

Anaeet e Vachagan se abraçaram, vertendo lágrimas de alegria por se reencontrarem. Finalmente livres daquele inferno, os homens se lançaram aos pés de Anaeet.

– Mil bênçãos para a Rainha Anaeet, que hoje salvou nossa vida! – eles clamavam.

Quando os vivas se abrandaram, Vachagan falou:

– Meus amigos, a rainha nos salvou duas vezes. Muitos anos atrás ela insistiu que todos os homens deveriam ter um ofício, até um filho de rei. Louvada seja por sua sabedoria, pois sem ela todos nós decerto teríamos perecido.

Com o passar das semanas, a notícia das aventuras de Vachagan se espalhou pelo reino, e a sabedoria da bela Rainha Anaeet foi celebrada em histórias e canções. Embora hoje não reste nenhum fragmento do lindo tapete que em outros tempos Vachagan teceu com a ajuda de seus companheiros de cativeiro, temos até hoje o fio dourado da sua história, e o conservaremos enquanto a língua tiver disposição para contar e os ouvidos, para escutar.

# Tecidos da África Oriental

O tecido desta história é mágico. Ele é descrito como macio embora muito resistente, capaz de proteger contra o frio e contra o calor. E, apesar de muito comprido, pode ser bem dobrado, formando uma trouxa minúscula.

O tecido "comum" ao qual ele mais se assemelha é a seda, mas tradicionalmente não se tece a seda na região da África Oriental de língua suaíli, de onde provém esta história. A tradição era tecer o algodão plantado no local e fiado manualmente, e o tecido de que estamos falando tem algumas das qualidades mais delicadas do algodão. Mais para o interior da região, também se tecem fibras preparadas a partir das folhas da ráfia. As mulheres do povo cuba, por exemplo, bordam tecido de ráfia tingido. Trajes da realeza e outros objetos cerimoniais são bordados pelos cubas com contas de vidro.

Em muitos países africanos, todo o trabalho de tecelagem é feito pelos homens. Em áreas em que essa tarefa cabe a ambos os sexos, geralmente há modelos de teares especiais para homens e mulheres. Depois de tecido, o pano é tingido com corantes extraídos de vegetais e minerais da região, sendo que o índigo é o mais comum.

Na África Oriental, são muito comuns os trabalhos em panos não tecidos. Por exemplo, as mulheres massai do Quênia bordam con-

tas em trajes feitos de couro de algum animal. Em Uganda faz-se pano a partir de cascas de árvores, que são feltradas, tingidas e, depois, pintadas à mão livre ou com o uso de estêncil.

A metalurgia e o trabalho em prata do povo suaíli são renomados, refletindo a influência de mais de mil anos de comércio entre a África Oriental, a Arábia e a Índia. Parte do litoral da África Oriental, atual região do Quênia, já estava colonizada pelos árabes no século VIII d.C. Chama a atenção, portanto, que a personagem principal desta história, Fátima (que tem nome árabe), sempre apareça enfeitada com pedras e metais preciosos. Ela também usa o requintado trabalho de contas e os adereços de fios enrolados, típicos da região.

Fátima se vestia com tecidos suntuosos e sedas refinadas, que seu marido, por ser mercador, podia obter para ela. Está claro, porém, que o tecido da serpente era muito mais extraordinário que qualquer outro que ele pudesse comprar. Suas propriedades o vinculam a uma tradição de trajes com propriedades mágicas (uma capa de invisibilidade, por exemplo, ou um par de sapatos encantados que podem transportar o herói para qualquer lugar num piscar de olhos). Suas cores não são descritas. Só sabemos que é estampado e cintila no escuro. Mas a associação com ouro e o combate de vida ou morte necessário para conquistá-lo confirmam sua natureza sobrenatural.

# O tecido da serpente Pembe Mirui
*Conto suaíli*

Numa pequena aldeia vivia uma jovem mulher, chamada Fátima, que era casada com Amadi, o mercador. Amadi amava a mulher mais que tudo neste mundo, e não havia nada que ele lhe recusasse. Enquanto trabalhava trocando e vendendo suas mercadorias, ele só pensava em voltar para a aldeia ao anoitecer e ser recebido pelo sorriso caloroso e aconchegante de Fátima.

Amadi era um homem feliz, e não havia nada de que ele gostasse mais do que de cumular Fátima de presentes: belas sedas, requintados trabalhos com contas, pedras preciosas, ouro e prata. "Coisas belas para minha bela", ele dizia.

Logo as outras mulheres da aldeia passaram a invejar Fátima. Olhando para suas belas roupas e suas pulseiras de ouro, elas crispavam os lábios. Faziam pouco de suas joias, dizendo:

— Fátima, esse ouro é de péssima qualidade e essas pedras são apenas vidro. Esse tecido que você está usando não é nada em comparação com o tecido da serpente Pembe Mirui.

— Como é o tecido da serpente Pembe Mirui? — Fátima perguntou um dia.

– O tecido da serpente Pembe Mirui? Ora, é a coisa mais linda do mundo. É um material primoroso, que tem um estampado intrincado de cores brilhantes e sedutoras. Se seu marido realmente a amasse, ele lhe daria esse tecido, o mais raro que uma mulher pode ter.

De início, Fátima não fazia caso do falatório das outras mulheres, mas, de tanto ela ouvir as mesmas palavras venenosas, seu pobre coração se encheu de tristeza e de desejo por aquele material finíssimo.

Amadi percebeu o abatimento de Fátima.

– Fátima, por que está tão triste? – ele perguntou.

– Ai, Amadi, você me dá muitos presentes valiosos. Mas só poderei ter certeza de seu amor se você for buscar para mim o tecido da serpente Pembe Mirui.

– Ora, Fátima, nem sei por onde começar a procurar uma coisa dessas. Mesmo assim, hei de encontrá-lo, para que você tenha certeza do meu amor.

Naquela mesma noite, o homem preparou-se para a viagem. Pegou comida, contou cinquenta rúpias e as guardou no cinto. No dia seguinte bem cedinho, no instante em que o sol começava a surgir no horizonte, ele partiu. Andou de aldeia em aldeia, de cidade em cidade. Nas feiras apinhadas de gente e nas ruas empoeiradas, ele indagava onde conseguiria encontrar o tecido da serpente Pembe Mirui. Mas todas as pessoas a quem perguntava simplesmente balançavam a cabeça e lhe viravam as costas.

Amadi sentiu um peso no coração e começou a imaginar que jamais encontraria o tecido da serpente Pembe Mirui. Até que um dia ele deparou com uma pobre velha sentada na soleira da porta de um casebre. Toda encurvada pela idade, ela trazia pousadas no colo as mãos ossudas e enrugadas.

– Bom dia, minha senhora – cumprimentou Amadi.

– Bom dia – respondeu a velha. – Você, que vai a caminho da feira, teria uma moeda para dar a esta velha?

– Ai, vovó – suspirou Amadi, agachando-se ao lado da velha. – Quisera eu estar a caminho da feira. Até seria fácil. Mas minha viagem é mais longa – e ele tirou uma moeda do cinto e a entregou à velha.

– Fale-me de sua viagem – disse a velha, tocando com os dedos a moeda brilhante.

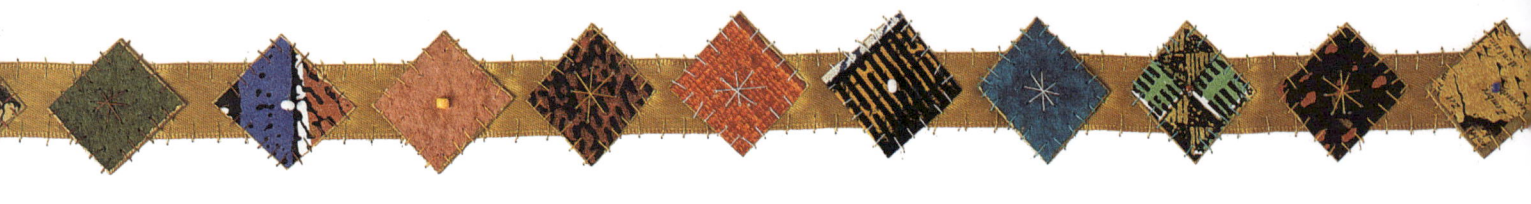

– Estou procurando o tecido da serpente Pembe Mirui para dar de presente à minha amada mulher – respondeu Amadi.

A velha deu um sorriso torto.

– O tecido da serpente Pembe Mirui? Nisso eu posso ajudá-lo.

Ela bateu palmas, e do casebre saiu um gato preto e lustroso, andando feito gente, apoiado nas patas de trás, e levando uma bolsa debaixo do braço.

– Está vendo esse homem? – disse a velha para o gato. – Ele precisa do tecido da serpente Pembe Mirui. Mostre-lhe o caminho e acompanhe-o em sua viagem.

Amadi olhou com espanto para o gato, que alisou os bigodes e fez que sim para a velha.

– Lembre-se – disse a velha, voltando-se para Amadi –, repita três vezes qualquer pergunta que você fizer.

Amadi agradeceu o conselho e partiu estrada afora, com o gato preto e lustroso trotando ao seu lado. A cada encruzilhada a que chegavam, o gato abanava o rabo e conduzia Amadi sempre em frente.

Não demorou muito para o homem e o gato depararem com uma serpente enorme, cujo corpo esticado atravessava a estrada. A serpente estava dormindo. Escamas escuras ondulavam para cima e para baixo ao longo do seu corpo, ao ritmo da respiração que passava roncando pelas narinas peludas e cavernosas.

O coração de Amadi batia forte de medo. Ele deu um passo à frente e, com voz trêmula, dirigiu-se quase num sussurro à serpente adormecida:

– Você é a serpente Pembe Mirui?

Mais uma respiração forte passou ondulando o corpo da serpente, mas a criatura não deu resposta. Amadi olhou ansioso para o gato e então se lembrou das palavras da velha: "repita três vezes qualquer pergunta que você fizer". Amadi repetiu a pergunta, um pouco mais alto:

– Você é a serpente Pembe Mirui?

E repetiu de novo, mais alto ainda. Então uma das enormes pálpebras escamosas se ergueu e um olho laranja vivo se fixou nele.

– Não, não sou Pembe Mirui – respondeu a serpente três vezes.

Apesar de estar apavorado, Amadi sentiu seu coração naufragar. Mas o gato preto e lustroso apenas abanou o rabo e continuou caminhando pela estrada. E o homem o acompanhou.

Pouco adiante, eles toparam com uma árvore alta e esgalhada. Seus ramos estavam nus, e enrolada no tronco havia uma serpente cinza de duas cabeças com dois rabos muito espinhudos. Mais uma vez Amadi se aproximou da serpente e perguntou três vezes:

– Você é a serpente Pembe Mirui?

E novamente a serpente respondeu três vezes:

– Não, não sou Pembe Mirui.

Às margens de um rio caudaloso, Amadi e o gato encontraram uma serpente vermelha de três cabeças cuja voz crepitava e cuspia, mas ela também não era Pembe Mirui.

Tomando banho de sol, enroscada numa rocha grande, estava uma serpente laranja de quatro cabeças, que responderam em uníssono:

– Não, não sou Pembe Mirui.

Tampouco era Pembe Mirui a serpente amarela de cinco cabeças que estava deitada num enorme ninho de ossos e penas.

Três vezes Amadi fez a pergunta para a serpente azul de seis cabeças.

– Você é a serpente Pembe Mirui?

Embora a serpente fosse maior e mais medonha que as cinco anteriores, ela abanou as seis cabeças e respondeu:

– Não, não sou Pembe Mirui.

Amadi começou a desanimar. O dia estava chegando ao fim, e ele sentia os pés pesados como rochas fincadas na lama de um rio. Apontando para um pequeno bosque, Amadi falou para o gato:

– Vamos passar a noite aqui.

Ao entrarem no bosque sombreado, eles viram mais adiante uma enorme serpente dourada de sete cabeças. Seus sete rabos formavam sete espirais, e seu corpo brilhava como o sol. Amadi levou a mão à espada e gritou três vezes:

– Diga-me, serpente, você é Pembe Mirui?

O monstro assombroso ergueu as sete cabeças, e seus quatorze olhos se fixaram em Amadi. Então veio a resposta retumbante:

– Eu sou Pembe Mirui!

O chão tremeu debaixo dos pés de Amadi. A serpente arqueou o corpo, os sete rabos se ergueram, eretos, e as sete cabeças mergulharam, preparando-se para o bote.

O gato preto e lustroso gritou para Amadi, que estava ali parado, trêmulo.

– Não se mexa, Amadi. Proteja-se!

O homem permaneceu mudo e imóvel como uma estátua. A serpente se empinou, apoiando-se na ponta dos sete rabos, e investiu contra Amadi, chiando e borrifando um veneno mortal. Amadi saltou para o lado, tirou a espada da cinta e, com um golpe rápido, cortou fora uma cabeça. A serpente se encolheu e deu um berro que fez cair mortas as aves do céu.

O gato preto e lustroso saltou para a frente e, desviando-se das poças de veneno que tinham se formado, agarrou a cabeça caída no chão e a enfiou num saco. Mais uma vez Pembe Mirui preparou o bote, com os doze olhos que lhe restavam faiscando de dor e raiva.

Mais uma vez Amadi brandiu a espada bravamente, e mais duas cabeças da poderosa serpente rolaram para o chão.

O combate continuou, e a serpente se contorcia furiosa, decidida a destruir Amadi. No entanto, a cada ataque mais uma cabeça da serpente era separada do corpo. E o gato passava ágil entre a espada e a serpente, recolhendo as cabeças caídas e enfiando-as no saco.

Logo restou apenas uma das cabeças de Pembe Mirui. Quando Amadi ergueu a espada pela última vez e a fez descer com um golpe vigoroso, a serpente cuspiu pela boca uma chuva do veneno mortal. De um salto, o homem se desviou, e a última cabeça dourada caiu ao chão sem lhe fazer mal.

Amadi correu para onde estava o corpo morto de Pembe Mirui. Apalpando por dentro da pele da serpente, ele encontrou e tirou o tecido primoroso, que tremeluzia e brilhava na escuridão do bosque. Sua estampa parecia ondular como água. Era um tecido macio e liso como a pele de um recém-nascido. Contudo, apesar da maciez, o tecido deu provas de ser muito resistente quando Amadi o puxou.

O homem enrolou o corpo no pano, que o cobriu da cabeça aos pés. Então ele percebeu seu notável efeito, pois sentia-se ao mesmo tempo aquecido e refrescado. E, quando o dobrou, o pano coube perfeitamente na palma da sua mão. Era de fato o tecido mais extraordinário que Amadi já tinha visto. Enfiou-o no bolso com cuidado e se voltou para o gato, que estava parado à sua espera, com o saco debaixo do braço.

Amadi seguiu o gato preto e lustroso pela estrada, e logo os dois se viram de novo diante do casebre da velha. O gato entregou a ela o saco com as sete cabeças de Pembe Mirui, e Amadi lhe deu o cinto de dinheiro com todas as rúpias que restavam.

Amadi agradeceu à velha e ao gato, mas, quando ele estava prestes a ir embora, a velha segurou sua mão e falou:

– Amadi, não é todo dia que o amor de um homem deve ser testado desse modo. Diga a sua mulher que fique satisfeita. Um tolo capricho quase custou a vida do marido dela. E que força existe no amor de um morto?

Quando Amadi chegou em casa, Fátima o recebeu com alegria. Amadi entregou-lhe o tecido de Pembe Mirui, e Fátima ficou encantada com sua beleza. Enrolou o tecido no corpo e desfilou com ele pela casa. Mas, quando Amadi lhe falou da serpente de sete cabeças, dos perigos que tinha enfrentado e das sábias palavras da velha, ela sentiu uma profunda vergonha de sua própria dúvida.

– Marido, sei que o fascínio deste tecido se equipara à força do seu amor por mim. Jamais voltarei a duvidar dele.

A partir daquele dia, e por muitos e muitos anos, Fátima e Amadi viveram felizes, na certeza do amor constante que sentiam um pelo outro.

# A história da seda

Diz a lenda que a seda foi feita pela primeira vez na China, há quase cinco mil anos. Sua produção foi mantida em sigilo até que mercadores chineses começaram a levar a seda para a Índia e o Oriente Médio. A célebre Rota da Seda, ao longo da qual ela era transportada da China para o Ocidente, prosperou desde a Antiguidade até a Idade Média.

Aproximadamente a partir do século VIII, a produção da seda alcançou a Europa; e, entre os séculos XII e XVII, importantes centros têxteis se estabeleceram na Espanha, na Itália, na França e na Inglaterra.

Na China, a seda era tão valorizada que chegava a ser usada como moeda. Ela também gozava de um *status* religioso especial, e todos os anos realizava-se uma importante cerimônia de culto à principal deusa da seda, Lei Tsu. Numa demonstração de respeito à deusa, a imperatriz em pessoa cuidava de uma casa de bichos-da-seda, exatamente como as mulheres dos camponeses.

Quem produz a seda é uma lagarta comum, a larva da mariposa da seda ou *Bombyx mori*. As larvas se alimentam de folhas de amoreira por um período de seis a oito semanas, ao longo do qual passam de uma cor verde-maçã para um delicado branco puxado para o creme. Então começam a fazer para si uma "casinha de seda", chamada de casulo ou crisálida. No interior do casulo, o bicho-da-seda

meneia a cabeça continuamente, descrevendo um oito, depositando camadas e mais camadas de fio de seda. Nesse estágio, o casulo é mergulhado em água quente ou suspenso num vapor escaldante para impedir que a mariposa saia do casulo e destrua a seda.

Dois processos são usados para fazer o fio da seda. O primeiro é a "bobinagem", ou seja, o desenrolamento dos casulos. Vários casulos são desenrolados simultaneamente, cada um produzindo entre 600 e 900 metros de fio. A seda é lavada, e depois, passando por um ilhó, o fio é enrolado numa bobina.

O segundo processo é chamado de "torcedura". Vários fios de seda são torcidos juntos para formar um fio mais forte. O grau de tensão dessa torcedura determina diferenças de qualidade entre os fios produzidos. Então a seda é fervida com sabão, para que a goma natural seja eliminada, e depois é alvejada ou tingida. Uma vez preparado, o fio pode ser usado para confeccionar diferentes tipos de tecidos de seda, como por exemplo o brocado, o damasco, o veludo e o cetim.

O tecido de seda deste conto é o brocado. Para fazê-lo, um desenho em relevo é incluído numa trama acetinada ou sarjada, quando o pano está sendo tecido. A história mostra que o bordado à mão também pode ser incorporado à estampa tecida. É frequente que se confunda o brocado com o bordado e a tapeçaria. Entretanto, o brocado é um modo específico de fabricação de tecido.

# O brocado de seda
*China*

No passado distante, uma velha viúva morava com seus três filhos. Eles levavam uma vida modesta, e cada membro da família trabalhava muito. Os filhos cuidavam de uma pequena horta e faziam serviços avulsos, enquanto a mãe catava lenha e tecia seda. A velha era famosa por sua habilidade para tecer brocados. Seu trabalho era primoroso e detalhado, as cores eram vivas e bem escolhidas, as cenas que tecia pareciam reais. Assim que ela terminava um brocado, ele era vendido. E logo ela já começava outro.

Um dia, a velha estava a caminho da feira para vender um dos seus brocados, quando passou por uma lojinha. Lá dentro havia o quadro mais lindo que já tinha visto na vida. Mostrava uma mansão localizada num belo jardim, com árvores frutíferas e canteiros de flores de cores vivas. Havia um laguinho de peixes, uma horta, e galinhas e patos ciscavam pelo chão. Ao olhar para o quadro, a velha sentiu-se invadida por uma imensa sensação de paz.

Aquela noite, enquanto a família toda jantava, a velha falou aos filhos do lindo quadro que tinha visto.

– Imaginem morar num lugar daqueles – disse ela, com um suspiro. – Como eu seria feliz!

Os dois filhos mais velhos sorriram.

– Depois que morrermos, Mãe, quem sabe renasceremos num lugar assim.

Mas o filho caçula sentiu apenas alegria por ver a mãe tão feliz.

– Mãe, por que não tece a imagem do quadro? – disse ele. – Assim você o teria sempre por perto, para poder contemplá-lo quando quisesse.

Empolgada, a velha correu imediatamente para o tear e começou a tecer o quadro que tinha visto. Enquanto a lançadeira corria de um lado para o outro, o tempo passava. Os dias se tornaram semanas, as semanas se tornaram meses, as estações se sucederam, e a velha continuava tecendo.

Os filhos mais velhos se queixavam de que havia meses a mãe não fazia um só brocado para vender na feira. Mas o caçula a defendia.

– Deixem nossa mãe em paz. Não estão vendo como esse quadro é importante para ela? Ora, ela foi uma boa mãe para nós, agora vamos dar-lhe esse tempo.

Aos poucos, sob as mãos hábeis da velha, um quadro começou a surgir no tecido. No primeiro ano, lágrimas caíram dos olhos da velha em cima do brocado, formando um laguinho cristalino onde peixes dourados nadavam e em cuja superfície bailavam flores de lótus. No segundo ano, um fio de seus cabelos cinzentos formou um fio de fumaça que saía em espiral da chaminé da mansão. E, no terceiro ano, gotas de sangue pingaram dos seus dedos esfolados e formaram um sol vermelho brilhante que iluminava as árvores, os arrozais que bailavam à brisa e os canteiros de flores ondulantes, tão naturais que quase se sentia seu perfume.

Finalmente, ela terminou o brocado. Era tão detalhado e tinha sido tecido com tanto primor que parecia a porta de entrada para outro mundo.

Os três filhos levaram o brocado até uma janela aberta para poderem admirar as cores à luz do sol. Mas de repente uma rajada de vento arrancou-lhes o tecido das mãos, lançando-o pela janela rumo ao céu, onde ele desapareceu. A velha correu para fora e ficou olhando para o céu, sem poder fazer nada. Seus filhos acorreram para confortá-la. Mas a velha, com os olhos embaçados de lágrimas, não conseguia dizer nada.

– Venha para dentro, Mãe – chamaram os filhos mais velhos, quando as estrelas começaram a salpicar o céu noturno e o ar se tornou frio e cortante.

Mas a velha simplesmente continuava parada, com os olhos fixos no céu e lágrimas escorrendo pelo rosto.

– Mãe, vamos encontrar o brocado para você – prometeu o filho caçula, tomando-a pela mão e levando-a para dentro.

Mas a velha se recusava a comer e a beber, e nada que seus filhos pudessem dizer ou fazer conseguia consolá-la. Por fim, o filho mais velho anunciou:

– Mãe, vou partir para trazer seu brocado de volta.

O filho passou por muitas cidades e aldeias, sempre perguntando pelo brocado, mas ninguém tinha o objeto encantado que ele descrevia. Depois de muitos dias, ele chegou ao sopé de uma montanha enorme, onde encontrou uma pequena caverna. À entrada da caverna, havia uma árvore carregada de pequenos frutos vermelhos. Debaixo da árvore havia um cavalo de pedra, e ao lado do cavalo estava sentada uma velha desdentada, de cabelos brancos.

– O que o traz aqui, meu filho? – ela perguntou.

– Estou procurando pelo brocado da minha mãe – o homem respondeu. – É o tecido mais belo que existe e levou três anos para ser feito. Mas um vento estranho o arrancou de nós, e agora estou tentando encontrá-lo.

A velha abriu um sorriso.

– Conheço o brocado do qual você está falando. Ele é tão lindo que atraiu a atenção das donzelas da Montanha do Sol, que fica mais para o leste. Elas o roubaram.

– Preciso pedir que elas o devolvam – disse o filho. – Por favor, diga-me, se souber, como posso chegar à Montanha do Sol.

– Ah! – disse a velha –, é uma viagem difícil. Para começar, você vai precisar arrancar seus dois dentes da frente e colocá-los na boca do meu cavalo de pedra. Depois que o cavalo tiver comido frutinhas vermelhas dessa árvore, monte nele. O caminho para a Montanha do Sol passa por um vale de fogo, onde as chamas vão rugir e crepitar à sua volta, mas se você mostrar medo será queimado até virar carvão. Depois chegará a um mar vasto e revolto. As ondas parecerão torres acima da sua cabeça, e o sopro do vento o atingirá como uma adaga de gelo. Se você gritar, será engolido pelo oceano. Assim que tiver cruzado esse oceano, você chegará à Montanha do Sol.

Ouvindo as palavras da velha, o filho mais velho estremeceu.

– Meu filho, vejo que está com medo. Está claro que uma viagem como essa não é para você – disse a velha. – Por que, em vez disso, você não aceita este meu presente? – e ela deu ao rapaz uma gorda bolsa de ouro.

O filho mais velho aceitou o presente, mas nunca voltou para a mãe. Com os bolsos forrados de ouro, ele se encaminhou para o sul, acreditando que a boa sorte o acompanharia.

Passaram-se meses, e o filho mais velho não voltava. Vendo a mãe ainda tão pálida e calada, o segundo filho se levantou e anunciou:

– Deve ter acontecido alguma desgraça a meu irmão. Vou partir para buscar seu brocado, Mãe – e lá se foi ele rumo ao leste.

O destino também o conduziu ao sopé da enorme montanha, onde a velha desdentada, de cabeça branca, estava sentada ao lado de seu cavalo de pedra. E, quando ela falou do vale de fogo e do oceano gelado e cruel, também ele estremeceu e, em vez de seguir em frente, aceitou o presente de ouro. Envergonhado por sentir tanto medo, também ele escolheu um caminho que o levasse para longe de casa.

A essa altura, a velha viúva já estava acamada. A desesperança tornara seus olhos opacos e sua pele acinzentada. O filho caçula estava com o coração apertado por ver a mãe tão doente e infeliz.

– Mãe, deixe-me partir para procurar seu brocado. Prefiro vasculhar o mundo inteiro a vê-la tão infeliz.

Assim, o filho caçula despediu-se da mãe com um beijo e partiu, tomando o mesmo rumo que os irmãos. Depois de muito caminhar, chegou ao sopé da montanha enorme, onde a velha se encontrava.

– Ah, seus dois irmãos passaram por aqui – ela disse. – E cada um deles partiu com uma bolsa cheia de ouro. Você também ganhará uma, se não tiver condições de enfrentar a viagem para encontrar o brocado.

– O ouro seria um preço insignificante pelo brocado da minha mãe – respondeu o rapaz. – Além disso, se eu não voltar logo, receio que ela morra. E de que vale o ouro para os mortos?

Assim, mais uma vez a velha repetiu suas instruções. Na mesma hora, o rapaz apanhou uma pedra e, com um golpe, arrancou seus dois dentes da frente. Colocou-os na boca do cavalo de pedra, que agitou a crina e comeu as frutinhas vermelhas.

O rapaz montou, e o cavalo partiu a galope.

Passaram pelo vale do fogo e, embora as chamas se erguessem como imensas línguas em volta do rapaz, chamuscando-lhe a pele e o cabelo, seu rosto não revelou o menor indício de medo. Galoparam sobre o cruel oceano revolto. Ondas altas como torres rugiam ao seu redor e o vento açoitava a pele do rapaz, ferindo-a com seu sopro gelado e cortante. Mas ele não estremeceu nem gritou. Então finalmente ele avistou a Montanha do Sol, que se erguia dourada e refulgente na costa distante.

Na encosta da Montanha do Sol havia um palácio majestoso. À medida que se aproximavam, o filho caçula tinha a impressão de ouvir risos cristalinos e vozes melodiosas. Assim que chegaram, ele desmontou e entrou no palácio, onde seus olhos deram com um grupo de donzelas do sol. Eram as mulheres mais belas que jamais tinha visto. Dançavam pelo salão como feixes de luz, e seu riso delicado ecoava docemente.

Então, pendurado na parede mais distante, ele viu o brocado de sua velha mãe. Uma onda de alegria o invadiu.

– Vim apanhar o brocado – explicou ele às donzelas do sol, que se surpreenderam com seu súbito aparecimento. – Ele pertence à minha mãe, de quem foi roubado. Neste exato momento, ela está sucumbindo, consumida pela dor que a perda

de seu brocado lhe causou. Esse tecido já lhe deu muita alegria, e agora certamente ela morrerá se não o tiver de volta.

– Nunca foi nossa intenção ficar com o brocado de sua mãe – disse uma das donzelas. – Queríamos apenas copiá-lo, pois sua beleza também nos encanta. Logo você poderá levá-lo de volta, pois nosso trabalho está quase pronto.

Mais uma vez o rapaz olhou à sua volta, e só então notou um tear de prata instalado no meio do salão. Nele estava esticada uma cópia do brocado de sua mãe.

– Se quiser passar a noite conosco, amanhã lhe devolveremos o brocado – prosseguiu a donzela.

As donzelas do sol conduziram o filho caçula até uma mesa no fundo do salão. Trouxeram-lhe frutos deliciosos e vinho refrescante. Ele estava com fome e comeu depressa. O vinho subiu-lhe à cabeça e logo ele adormeceu profundamente. Enquanto o rapaz dormia, as donzelas continuaram a trabalhar, e assim fizeram a noite toda. Uma pérola enorme estava suspensa ao teto, e elas trabalhavam iluminadas pelo seu brilho fosco.

Trabalhando mais rápido que as outras, uma das moças completou sua parte do brocado e deu um passo atrás para admirá-lo. Entretanto, quando seus olhos passaram da cópia para o brocado original, seu coração encheu-se de desânimo, pois estava claro que a técnica da velha senhora era muito superior.

Como seria maravilhoso se ela pudesse morar num lugar como aquele do brocado, pensou a donzela. Apanhando uma agulha e linha, ela se aproximou em silêncio do brocado original. Então, sem ninguém perceber, bordou uma figura ao lado do laguinho: uma moça igual a ela, de vestido cor-de-rosa e longos cabelos negros.

Tarde da noite o filho caçula acordou, e ficou surpreso ao encontrar o salão vazio. Mas ali, sob a luz da pérola, ele viu os dois brocados, o de sua mãe e o outro, inacabado, das donzelas do sol.

O rapaz ficou ali parado, passando os dedos pelo tecido sedoso feito por sua mãe. Pensou no estado em que a vira pela última vez, doente, frágil e descorada. Temendo que ela pudesse morrer antes de sua volta, num gesto brusco ele arrancou o tecido e saiu correndo. Lá fora o cavalo o esperava, paciente. Na escuridão da noite, os dois fugiram sorrateiramente.

Voaram de volta, atravessando o oceano gelado e o vale de fogo, até que se viram de novo diante da caverna ao pé da montanha, onde foram recebidos pela velha.

Ela estendeu a mão para ajudar o rapaz a desmontar. Depois tirou os dois dentes do cavalo e os recolocou na boca do rapaz. No mesmo instante, o cavalo voltou a se transformar em pedra. Por fim, a velha deu de presente ao rapaz um par de sapatos de couro de veado, desejou-lhe boa sorte e mandou que ele seguisse caminho.

Antes que o rapaz percebesse, os sapatos mágicos já o tinham levado até a porta de sua casa. Ele entrou correndo e foi direto para a cama da mãe.

– Mãe, eu trouxe seu brocado – ele sussurrou, colocando o tecido em suas mãos.

Os olhos da velha foram se abrindo devagarinho, e o rapaz captou neles um vislumbre de alegria.

– Pronto, Mãe, deixe-me levá-la a um lugar ensolarado para que possa enxergar melhor – ele disse, erguendo-a delicadamente.

Lá fora, ele deitou a mãe com cuidado e abriu o brocado para ela ver. No entanto, de repente um vento pegou o tecido, mas dessa vez delicadamente. Em vez de ser levado para longe, o tecido apenas se ondulou e cresceu. Dobrou de tamanho, depois triplicou. Envolveu o rapaz e a velha e, maravilhados, os dois se viram transportados para um jardim belíssimo. Em toda a sua volta, havia árvores carregadas de frutas, e sob seus pés as flores formavam um tapete. Mais ao longe via-se uma bela casa e, em pé perto do laguinho, uma jovem.

– Salve! – disse ela, com voz de prata cintilante. – Sou uma das donzelas do sol. Perdoem-me, mas apreciei tanto seu trabalho primoroso e este lindo lugar criado por você, que percebi que só poderia ser feliz se morasse aqui também. Por favor, posso morar com vocês? A mãe e o filho concordaram na mesma hora. Agora que seu brocado lhe fora devolvido, a velha logo se recuperou. Também não demorou para que o filho caçula e a donzela do sol se casassem, e os três passaram a viver felizes no seu paraíso tecido.

Um dia dois mendigos foram passando. Não dava para imaginar miséria maior do que a sua. Eram os dois irmãos mais velhos. Eles viram no jardim o irmão, sua linda esposa e a mãe, com os olhos brilhantes de felicidade. Ficaram tão envergonhados que se afastaram sorrateiramente, para nunca mais voltar.

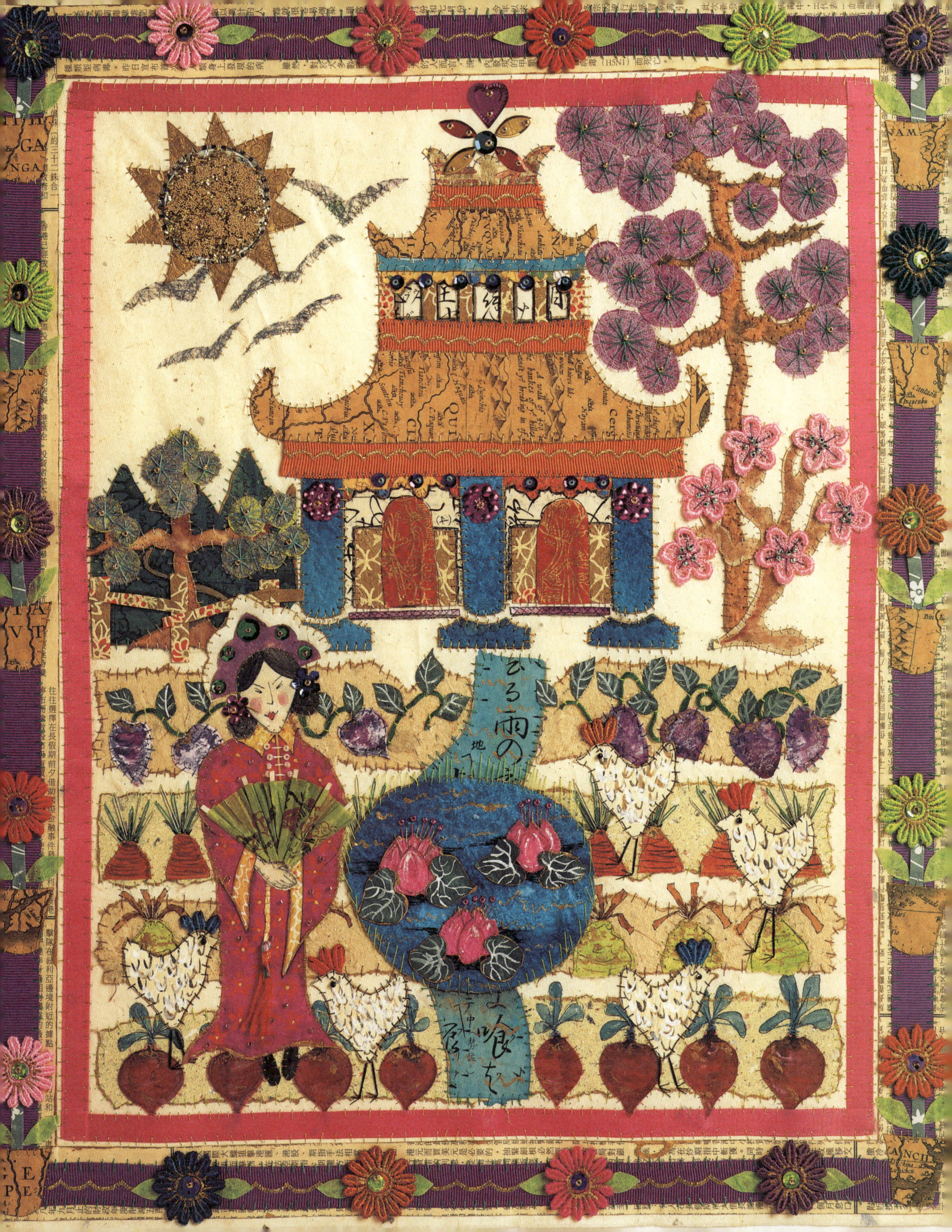
ひる雨の

# Tecidos das Ilhas do Pacífico

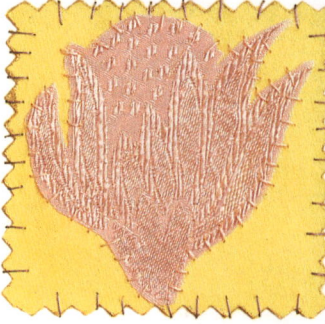

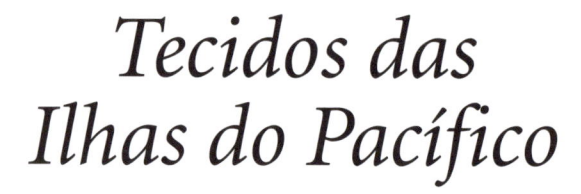

Os três tecidos desta história são o *tapa* (tecido de casca de árvore), o *ulana* (esteira trançada) e a capa ou manto cerimonial de plumas. Os dois primeiros itens são encontrados em todo o Pacífico Sul, mas as capas de plumas são exclusivas do Havaí e da Nova Zelândia. Os três tipos de tecido são feitos por mulheres, e todos são muito apreciados.

O tecido chamado *tapa* é feito com a casca de diversas árvores. As mais comuns são a amoreira-do-papel, a *wake* e a *mamaki*. A casca é arrancada do tronco da árvore e deixada de molho na água por alguns dias. Isso torna mais fácil retirar a macia fibra interna, separando-a da parte externa, a casca, mais grosseira. A fibra é então golpeada com macetes de madeira entalhados com desenhos característicos, até se tornar pastosa. Essa polpa é batida, formando faixas, que são postas para secar. Então várias faixas de *tapa* são unidas para formar o pano. Às vezes, flores perfumadas são incorporadas a esse pano ou costuradas nele para produzir uma fragrância duradoura.

Frequentemente o pano de *tapa* é tingido com corantes de plantas e animais marinhos. As cores vão do cinza ao púrpura, rosa e vermelho. Os corantes são aplicados por meio de pintura manual ou da impressão com blocos de madeira.

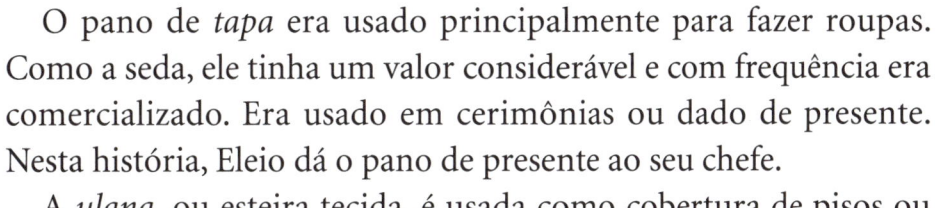

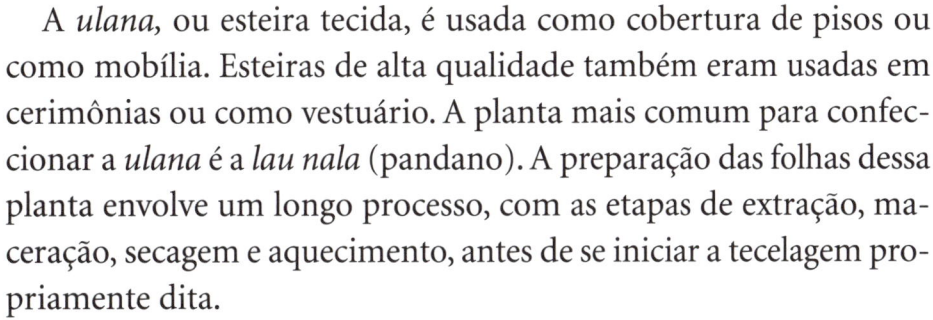

O pano de *tapa* era usado principalmente para fazer roupas. Como a seda, ele tinha um valor considerável e com frequência era comercializado. Era usado em cerimônias ou dado de presente. Nesta história, Eleio dá o pano de presente ao seu chefe.

A *ulana,* ou esteira tecida, é usada como cobertura de pisos ou como mobília. Esteiras de alta qualidade também eram usadas em cerimônias ou como vestuário. A planta mais comum para confeccionar a *ulana* é a *lau nala* (pandano). A preparação das folhas dessa planta envolve um longo processo, com as etapas de extração, maceração, secagem e aquecimento, antes de se iniciar a tecelagem propriamente dita.

O manto de plumas é um objeto altamente valorizado, que passa de geração a geração, como meio de transmissão de poder e *status*. Tradicionalmente, esses mantos são usados apenas por homens.

Para fazer um manto, plumas colhidas de aves nativas, como por exemplo o *i'iwi*, o *mamo,* o *apapane* e o *o'o*, são presas a uma rede feita de fibras de linho do Pacífico Sul. As plumas amarelas e as vermelhas são as mais apreciadas.

Tanto o pano de *tapa* como as plumas foram, em outros tempos, usados como moeda entre os ilhéus do Pacífico Sul. Por exemplo, os caçadores profissionais de aves pagavam seus impostos em plumas ao *ali'i* (chefe da tribo). O capitão Cook, em visita ao Taiti em 1777, observou que tufos de plumas vermelhas eram usados por sacerdotes durante um sacrifício humano. Ele sempre tratava de levar um estoque de plumas vermelhas quando ia negociar com os ilhéus.

# A capa de plumas
### *Havaí*

Muito longe, do outro lado das águas do Pacífico Sul, fica a ilha de Maui. Se nos colocássemos no ponto de vista de uma ave marinha, veríamos que a ilha de Maui tem a forma do torso e da cabeça de um homem, curvado à altura da cintura e olhando através das águas na direção da ilha vizinha de Kahoolawe.

Antigamente vivia na ilha de Maui um homem chamado Eleio. Ora, Eleio era um homem especial sob muitos aspectos. Por seus pés velozes tinha conquistado o título de *Kukini*, que significa "corredor treinado". Eleio também era um *tohunga*, ou seja, conseguia enxergar o mundo secreto dos espíritos. Tinha o dom de curar, com os remédios que preparava com plantas, e dizia-se também que ele tinha o poder de trazer os mortos de volta à vida.

Como é de imaginar, Eleio era uma pessoa muito útil para ter por perto. Ele trabalhava para Kakaalaneo, chefe de Maui. Um dia o chefe o chamou.

– Eleio, quero que vá buscar uma raiz de *kava* em Hana, para uma comemoração especial hoje à noite.

Apesar de Hana ficar do outro lado da ilha, Kakaalaneo sabia que Eleio era o mais veloz e confiável dos seus corredores e esperava que ele voltasse com a raiz dentro de algumas horas.

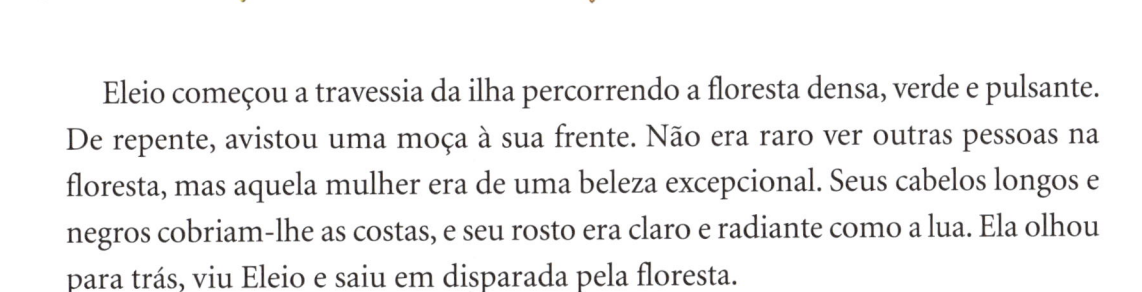

Eleio começou a travessia da ilha percorrendo a floresta densa, verde e pulsante. De repente, avistou uma moça à sua frente. Não era raro ver outras pessoas na floresta, mas aquela mulher era de uma beleza excepcional. Seus cabelos longos e negros cobriam-lhe as costas, e seu rosto era claro e radiante como a lua. Ela olhou para trás, viu Eleio e saiu em disparada pela floresta.

Curioso, em vez de prosseguir na direção de Hana, Eleio desviou-se do caminho e foi atrás dela. Afinal de contas, sendo o *Kukini* mais veloz a serviço do chefe de Maui, ele não levaria mais de alguns minutos para alcançar a mulher e perguntar seu nome.

Eleio acelerou o passo. Mais uma vez conseguiu avistar a mulher, que acenou para ele. Eleio continuou avançando, mas, por mais que se esforçasse, não conseguia alcançá-la, mesmo correndo na maior velocidade possível. Através da floresta, ela se desviava das árvores com agilidade, transpondo rochas, montes, montanhas, seguindo por vales profundos e riachos sinuosos. Finalmente chegaram ao cabo de Hana-manu-loa, onde ela parou junto de uma *poua,* construção de bambu semelhante a uma torre.

Eleio sabia que aquela torre era um lugar especial dos mortos, era o lar fúnebre dos chefes, de suas famílias e de outras pessoas ilustres. Lá eram colocados seus corpos, expostos aos elementos, ou seja, ao mar, ao ar e ao sol.

A mulher se voltou para Eleio, gritando para ele ouvir.

– Eleio, *Kukini* mais veloz e *tohunga* experiente, sou Kanikani-aula. Já não pertenço a este mundo, Eleio. Sou um espírito, e agora moro nesta torre.

– Ah – fez Eleio, com um sorriso –, por isso não consegui alcançá-la. Só um espírito poderia ser tão veloz.

Kanikani-aula retribuiu o sorriso.

– Pois é, Eleio, eu o atraí para uma perseguição desenfreada. Mas agora vamos ser amigos, porque sinto muita solidão aqui nesta *poua.*

Por um tempo, Kanikani-aula e Eleio ficaram ali sentados, conversando. E então Kanikani-aula se levantou e apontou na direção de onde tinham chegado correndo.

– Não muito longe daqui mora minha família. Vá até eles, Eleio, e peça-lhes um porco, rolos de pano de *tapa,* belas esteiras trançadas e a capa de plumas que eu estava fazendo. A capa não está pronta, mas há plumas e tela em quantidade suficiente na *whare*, nossa casa, para terminá-la. Traga tudo e eu terminarei a capa para você. Vou lhe dar esses presentes como prova da nossa amizade – e, com essas palavras, Kanikani-aula desapareceu da sua frente.

Eleio escalou a *poua* e lá dentro, disposto numa plataforma instalada a meia altura da torre, ele viu o corpo de Kanikani-aula. Era tão lindo quanto seu espírito. A moça vestia belas roupas e tinha no rosto uma expressão de intensa paz. Dava para perceber que não fazia muito tempo que estava morta.

Deixando a *poua,* ele correu na direção que Kanikani-aula indicara. Então encontrou uma mulher mais velha, que chorava. Eleio supôs que fosse a mãe da moça.

– Aloha – ele disse, cumprimentando-a. – Meu nome é Eleio, *Kukini* e *tohunga* de Kakaalaneo, chefe de Maui. Sou estranho a este lugar, mas fui conduzido até aqui pelo espírito de Kanikani-aula.

A mulher parou de chorar quando Eleio descreveu o espírito de Kanikani-aula e falou do pedido da moça. Foi correndo buscar o marido, e Eleio repetiu sua história. De bom grado o homem e a mulher concordaram em dar a Eleio o pano de *tapa*, as esteiras e a capa de plumas; e, quando começaram a falar sobre o porco, Eleio teve uma ideia. Perguntou ao pai de Kanikani-aula:

– Todas essas pessoas que moram por aqui são seus parentes e amigos?

– Claro – respondeu o homem. – São primos, tias, tios, irmãos, irmãs e amigos de Kanikani-aula.

– E eles aceitarão fazer o que você pedir? – perguntou Eleio.

O velho fez que sim.

– Façam o que eu disser – disse Eleio –, e talvez Kanikani-aula possa voltar a viver com sua gente.

Eleio os instruiu a construir um grande caramanchão e decorá-lo com as flores mais perfumadas da ilha. Dentro do caramanchão, deveriam erguer um altar e fazer um banquete. Deveriam assar o porco e colocá-lo sobre o altar junto com peixes brancos e vermelhos, galos brancos, pretos e vermelhos, e ainda diversas variedades de bananas. Deveriam trancar em casa todos os seus porcos, galinhas

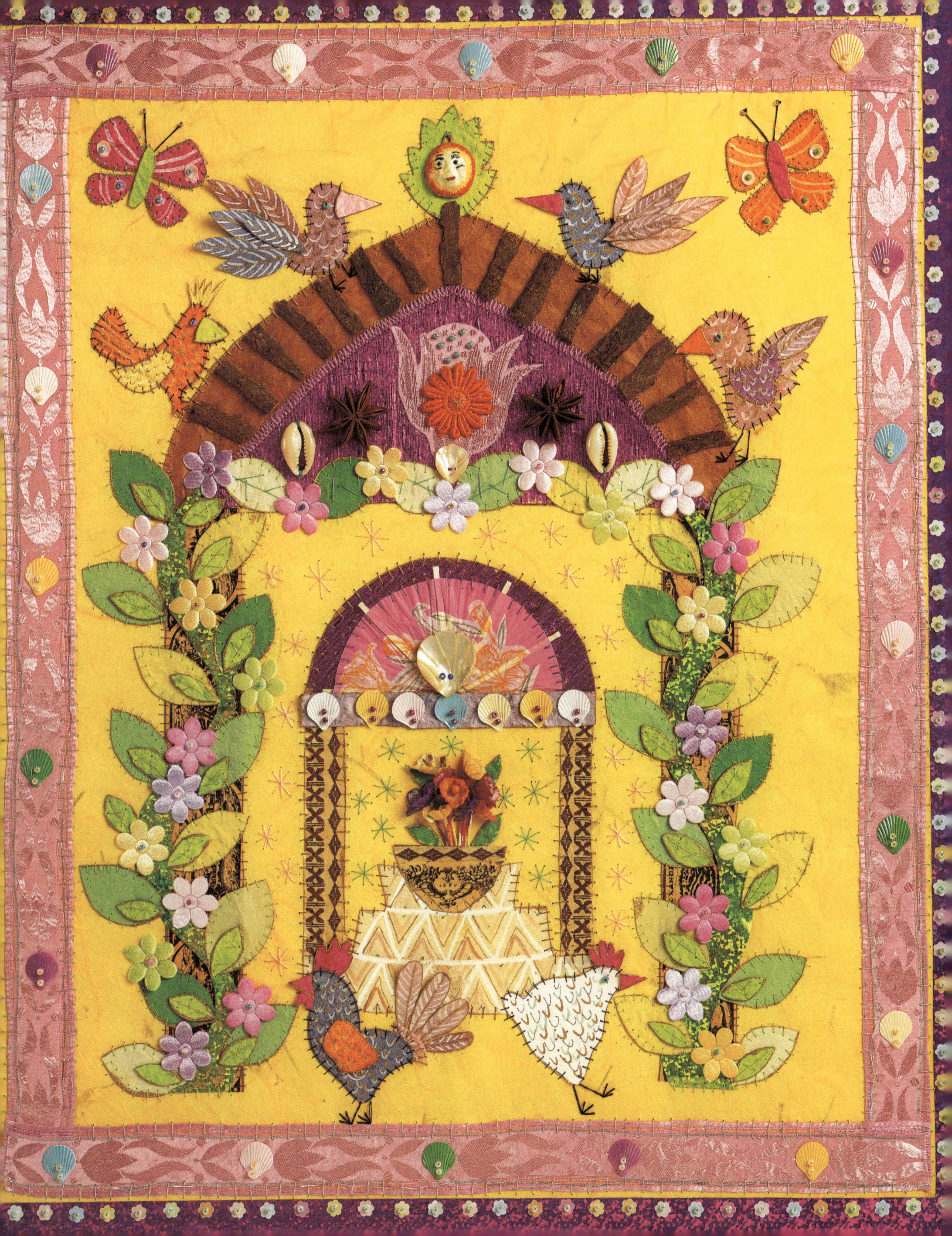

e cães, e, enquanto se dedicavam ao trabalho e às orações, deveriam manter silêncio total. Durante a realização desses preparativos, Eleio correu até Hana e arrancou do chão arbustos de *kava*, uma planta de grande poder medicinal. Quando Eleio chegou de volta à aldeia, tudo estava pronto. Eleio era a única pessoa que via o espírito de Kanikani-aula logo atrás dele.

Ele fez um preparado com a *kava* e depois entrou no caramanchão florido, onde fez suas preces e começou a invocar os deuses. Enquanto entoava as palavras finais, virou-se e pegou pela mão o espírito de Kanikani-aula. Então saiu do caramanchão, conduzindo-a de volta para a *poua*. Lá ele a ergueu delicadamente, seu espírito atravessado em seus braços como uma nuvem branca e longa. Cuidadosamente começou a empurrar o espírito de volta para dentro do corpo, enquanto continuava sua cantilena.

A família de Kanikani-aula esperava, paciente, embaixo da *poua*, ouvindo a cantilena de Eleio. Levada pelo vento, sua voz se misturava ao estrondo das ondas que arrebentavam contra os penhascos. De repente, a cantilena parou. E, quando levantaram os olhos, todos viram Kanikani-aula em pé, lá no alto, sorridente e radiante. A família de Kanikani-aula chorou de alegria, e ela foi levada até o sacerdote para uma cerimônia de purificação.

Naquela noite, houve um enorme banquete. A comida transbordava de bandejas abarrotadas, em meio a cantos e danças alegres. Depois do banquete, a capa de plumas, os rolos de pano de *tapa* e as belas esteiras foram trazidos e colocados diante de Eleio.

– Eleio, aceite estes presentes, porque lhe devemos muito – disse o pai de Kanikani-aula. – Venha morar com nossa família. Tome Kanikani-aula como sua mulher e seja um filho para nós.

Eleio olhou para a bela Kanikani-aula. Jamais tinha visto uma mulher tão admirável quanto ela. Olhou então para os finos presentes ali dispostos e falou:

– Kanikani-aula merece um marido de condição muito superior à minha. Se quiserem confiá-la aos meus cuidados, eu a levarei ao meu chefe, Kakaalaneo. A beleza e os encantos de Kanikani-aula a tornam digna de ser mulher dele e nossa rainha – e, voltando-se para Kanikani-aula, continuou: – Kanikani-aula, termine esta capa de plumas, pois nem eu nem meu chefe nunca vimos nada semelhante. É um presente valioso.

Imediatamente, todos os que conheciam a arte começaram a trabalhar na capa, usando as belas plumas vermelhas do papagaio. Assim que ela ficou pronta, Eleio e Kanikani-aula partiram para a aldeia do chefe Kakaalaneo, carregando os presentes de pano de *tapa*, as esteiras e a capa de plumas. Quando estavam se aproximando da aldeia, Eleio se voltou para Kanikani-aula.

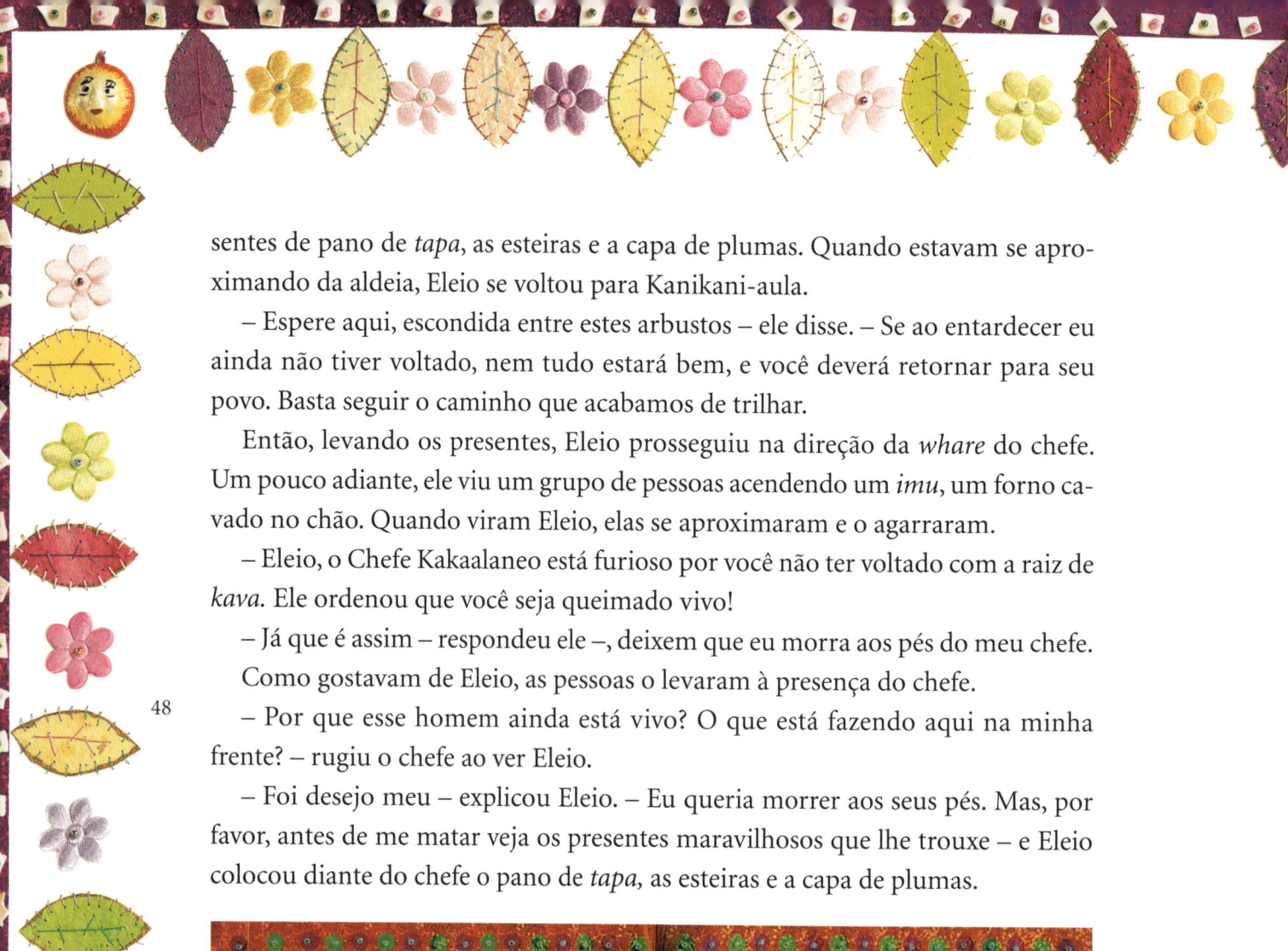

– Espere aqui, escondida entre estes arbustos – ele disse. – Se ao entardecer eu ainda não tiver voltado, nem tudo estará bem, e você deverá retornar para seu povo. Basta seguir o caminho que acabamos de trilhar.

Então, levando os presentes, Eleio prosseguiu na direção da *whare* do chefe. Um pouco adiante, ele viu um grupo de pessoas acendendo um *imu*, um forno cavado no chão. Quando viram Eleio, elas se aproximaram e o agarraram.

– Eleio, o Chefe Kakaalaneo está furioso por você não ter voltado com a raiz de *kava*. Ele ordenou que você seja queimado vivo!

– Já que é assim – respondeu ele –, deixem que eu morra aos pés do meu chefe. Como gostavam de Eleio, as pessoas o levaram à presença do chefe.

– Por que esse homem ainda está vivo? O que está fazendo aqui na minha frente? – rugiu o chefe ao ver Eleio.

– Foi desejo meu – explicou Eleio. – Eu queria morrer aos seus pés. Mas, por favor, antes de me matar veja os presentes maravilhosos que lhe trouxe – e Eleio colocou diante do chefe o pano de *tapa*, as esteiras e a capa de plumas.

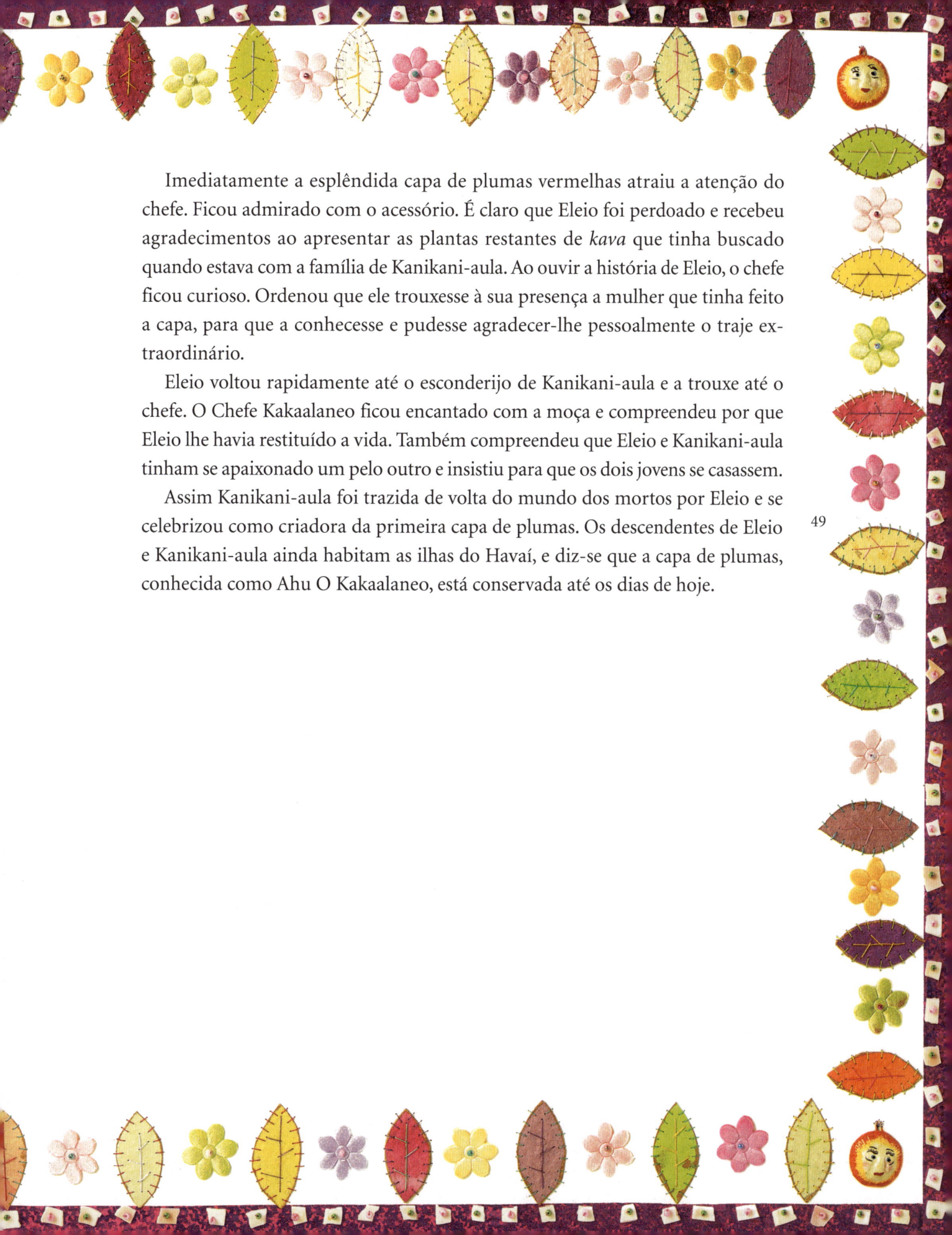

Imediatamente a esplêndida capa de plumas vermelhas atraiu a atenção do chefe. Ficou admirado com o acessório. É claro que Eleio foi perdoado e recebeu agradecimentos ao apresentar as plantas restantes de *kava* que tinha buscado quando estava com a família de Kanikani-aula. Ao ouvir a história de Eleio, o chefe ficou curioso. Ordenou que ele trouxesse à sua presença a mulher que tinha feito a capa, para que a conhecesse e pudesse agradecer-lhe pessoalmente o traje extraordinário.

Eleio voltou rapidamente até o esconderijo de Kanikani-aula e a trouxe até o chefe. O Chefe Kakaalaneo ficou encantado com a moça e compreendeu por que Eleio lhe havia restituído a vida. Também compreendeu que Eleio e Kanikani-aula tinham se apaixonado um pelo outro e insistiu para que os dois jovens se casassem.

Assim Kanikani-aula foi trazida de volta do mundo dos mortos por Eleio e se celebrizou como criadora da primeira capa de plumas. Os descendentes de Eleio e Kanikani-aula ainda habitam as ilhas do Havaí, e diz-se que a capa de plumas, conhecida como Ahu O Kakaalaneo, está conservada até os dias de hoje.

# A história do linho

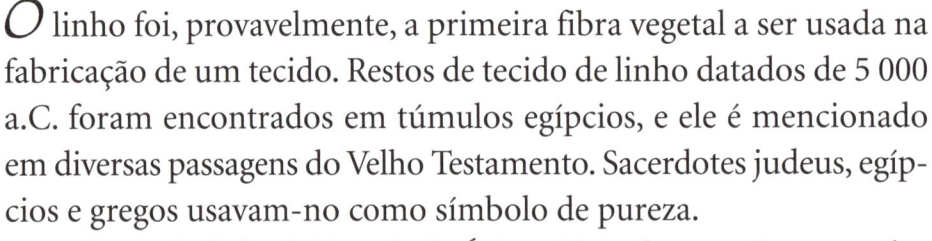

O linho foi, provavelmente, a primeira fibra vegetal a ser usada na fabricação de um tecido. Restos de tecido de linho datados de 5 000 a.C. foram encontrados em túmulos egípcios, e ele é mencionado em diversas passagens do Velho Testamento. Sacerdotes judeus, egípcios e gregos usavam-no como símbolo de pureza.

A planta do linho foi levada da Ásia ocidental para a Europa pelos romanos, e atualmente é cultivada em todas as partes do mundo. O linho foi o principal produto têxtil da Europa na Idade Média.

A planta do linho atinge de noventa centímetros a um metro e vinte de altura e tem flores azuis ou brancas. Na colheita, a planta é arrancada, e não ceifada, para possibilitar a obtenção das fibras mais longas. Uma vez colhidos, os feixes são deixados para secar antes da maceração, ou seja, a imersão da planta em água. Esse processo ajuda a remover a matéria lenhosa da planta, separando-a das fibras manipuláveis. Historicamente, a maceração era realizada em cursos-d'água. Entretanto, na Grã-Bretanha, durante o reinado de Henrique VIII foi proibida a maceração em rios, pois ela poluía muito as águas.

Depois da maceração, os feixes são arrumados em medas, para que a água escorra, e espalhados para secar. Passa-se então ao seu tratamento. As fibras são quebradas, gramadas e assedadas. Gramar consiste em separar os talos das fibras, assedar é passar as fibras através de uma série de cones metálicos cada vez mais finos. Os longos fios são então armazenados em fardos, prontos para serem fiados. Os processos de alvejamento, tecelagem e acabamento variam conforme se deseje como produto final um tecido grosseiro (pano para velame, lona ou aniagem) ou um tecido delicado (cambraia ou opala, semelhante ao tecido criado pelas três velhas tias na história).

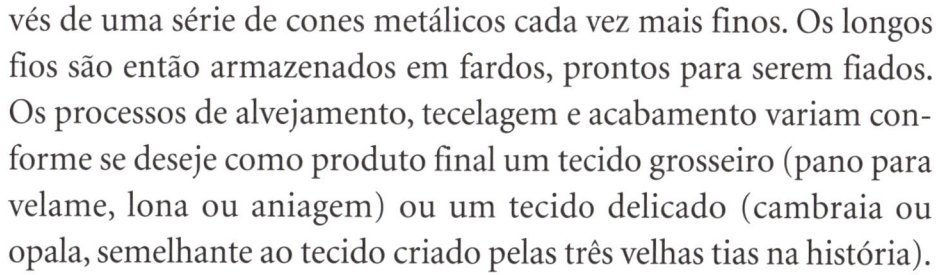

Há muitas superstições em torno do linho. Sonhar com a planta indica um casamento feliz e próspero. Sonhar com fiar linho, entretanto, sugere má sorte. Quando florido, o linho pode ser cortado para servir de proteção contra bruxarias. Também pode ser tecido com cânticos e encantamentos para proteger a pessoa que vier a usar o traje pronto.

Na Escandinávia, região de origem dessa história, o linho estava sob a proteção da deusa Hulda. Dizia-se que ela fora a primeira a ensinar mortais a cultivar, fiar e tecer o linho. No verão, quando o linho florescia, dizia-se que ela passeava pelos vales abençoando as lavouras. Hulda também é a rainha das fadas que tomam conta dos linheiros. Nos doze dias anteriores ao Natal, quando não era permitido fiar, dizia-se que Hulda visitava as casas para examinar as rocas das rodas de fiar. Havia também a crença de que ela premiava as fiandeiras diligentes e castigava as preguiçosas. É provável que as três velhas da história (as três fadas) sejam guardiãs do linho.

51

# As três fadas
*Suécia*

Numa choupana viviam uma viúva e sua filha, May. Embora May fosse bonita e cheia de vida, ela não gostava tanto de fiar quanto sua mãe. A mãe passava o tempo todo junto da roda de fiar, fiando linho em meadas. Mas a filha preferia trabalhar ao ar livre, cuidando do jardim e dos animais.

Sua mãe sempre a repreeendia.

– Que esperança você pode ter de um dia encontrar um marido? – dizia ela. – Meadas de linho são o único dote que podemos oferecer.

Com o passar dos anos, a viúva foi se tornando cada vez mais impaciente com a filha. Não adiantava May se esfalfar trabalhando no jardim: a mãe só queria tê-la dentro de casa. Gritava com a filha e a ameaçava, mas nada trazia May para junto da roda de fiar. Certa manhã, a mãe se irritou tanto com a filha que pegou um chicote e começou a persegui-la pela casa. A pobre May começou a chorar alto, implorando que a mãe largasse o chicote.

Ora, acontece que justamente naquela manhã a rainha estava passando de carruagem pela cidadezinha. Ao ouvir o choro, mandou parar a carruagem e bateu à porta da choupana.

A mãe tremeu ao ver a rainha. Envergonhada da sua atitude, ela mentiu.

— Majestade, minha filha é uma fiandeira tão dedicada que não consigo tirá-la da roda de fiar, e preciso ameaçá-la com uma surra. Infelizmente, somos muito pobres, e não tenho linho suficiente para ela fiar. Foi por isso que Vossa Majestade ouviu seu choro.

A rainha olhou para a jovem e, apesar de seus olhos inchados de chorar, ela pôde ver que a menina era muito bonita.

— Nada me agrada mais do que ouvir o rangido da roda de fiar. Deixe-me levar sua filha para o palácio. Lá não falta linho, e ela poderá fiar quanto quiser.

Enquanto a carruagem da rainha se afastava levando May, a menina acenava triste para a mãe. Em pé à porta da choupana, a mãe chorava vendo a filha partir. Apesar de ter-se enfurecido com May, apertava-lhe o coração perder a filha. Mas quem pode dizer não a uma rainha?

Ao chegar ao palácio, May foi levada a um aposento enorme. E o que viu a fez sufocar um grito de aflição. O aposento estava abarrotado de linho, do chão ao teto, e num canto havia uma roda de fiar.

— Se você fiar todo esse linho para mim – disse a rainha –, receberá uma bela recompensa: meu filho mais velho será seu marido. Você pode ser pobre, mas o trabalho duro é o melhor dote que uma mulher pode oferecer.

E a rainha saiu majestosa do aposento. May sabia que jamais seria capaz de fiar nem uma parte mínima de todo aquele linho. Olhou para a roda de fiar que tanto detestava e começou a soluçar desesperada.

Então, de repente começou a ouvir um som estranho: tape, tã, tape, tã. May levantou os olhos e viu, postada diante dela, uma mulherzinha muito estranha. Seu corpo era torto e deformado, mas o que mais surpreendia era seu pé enorme, cujo comprimento era quase igual à altura da velha! May tentou não mostrar seu espanto. Enxugou as lágrimas e cumprimentou a velha com delicadeza.

— Que muitas bênçãos a protejam, Vovó.

— Que muitas bênçãos a protejam também, menina – respondeu a velha. – Diga uma coisa, por que está aí sentada, chorando?

— Estou chorando, Vovó, porque receio que a sorte tenha me abandonado. A rainha me pediu para fiar todo esse linho, mas na verdade eu sei fiar tanto quanto o diabo sabe rezar.

– Ah, não tenha medo, menina – respondeu a velha –, vou fiar todo esse linho para você esta noite. Em troca, só lhe peço que me chame de Tia e me convide para sentar à sua mesa no dia do seu casamento, sem se envergonhar.

May prometeu sinceramente que faria o que a velha estava pedindo, e na mesma hora adormeceu profundamente. Na manhã seguinte, quando acordou, seus olhos se arregalaram de espanto. Estava cercada por centenas de meadas de linho recém-fiadas, arranjadas em pilhas perfeitas. Mas não havia nem sinal da velha estranha. No mesmo instante, bateram à porta e a rainha entrou. Ela se surpreendeu tanto quanto May ao ver todas aquelas meadas de linho, e deu os parabéns à menina.

– Estou vendo que você é uma fiandeira competente, mas como se sairá com a lançadeira? – e a rainha chamou suas aias, que tiraram a roda de fiar do aposento e no seu lugar instalaram um tear. – Faça um tecido com essas meadas, e marcarei um dia para seu casamento com meu filho.

Mais uma vez, a rainha saiu. May atravessou o aposento e apanhou a lançadeira. Ela nem sabia como passar os fios da urdidura no tear. Enterrando o rosto nas mãos, começou a chorar amargamente. Se mal conseguia fiar, tecer era um mistério total para ela.

Então a menina sentiu um toque no ombro.

Assustada, olhou para cima e viu ao seu lado uma outra velha, tão estranha quanto a primeira. Seu pé não era do tamanho de um remo, mas ela era tão corcunda que parecia dobrada ao meio.

– Que muitas bênçãos a protejam, Vovó – disse May. – Mas a senhora me assustou!

– Que muitas bênçãos a protejam também, menina. Espero não tê-la assustado demais. Diga uma coisa, por que está chorando?

– Estou chorando, Vovó, porque minha sorte vai para um lado depois para o outro. A rainha me prometeu seu filho mais velho em casamento, mas antes preciso transformar em tecido todas essas meadas de linho. Nem sei por onde começar.

– Fique descansada – disse a velha –, vou tecer tudo para você esta noite. Em troca, só peço que me chame de Tia e me convide para sentar à sua mesa no dia do seu casamento, sem se envergonhar.

May concordou na mesma hora, e mais uma vez adormeceu profundamente. Na manhã seguinte, quando acordou, viu ao seu lado, enrolado em diversos fardos, o linho tecido com o maior esmero. No instante em que May estendeu a mão para tocar no pano fantástico, bateram à porta e a rainha entrou.

Embora estivesse acostumada com roupas de tecidos caros e refinados, a rainha nunca tinha visto nada tão primoroso. Levou um fardo até a janela e examinou o tecido sob a luz.

– Belo trabalho, May – disse ela. – Este tecido é muito fino, próprio para fazer a camisa que o príncipe vai usar no dia do seu casamento.

As aias da rainha se apressaram em retirar o tear do aposento, e no seu lugar instalaram uma mesa, dispondo sobre ela agulhas, alfinetes, tesoura e linha.

– Uma última tarefa – prosseguiu a rainha. – Faça uma camisa com esse tecido, e eu farei de você uma princesa.

Assim que a rainha foi embora, May pegou um fardo de tecido e o estendeu sobre a mesa. Tinha visto muitas camisas ao longo da vida, mas nunca tinha feito nenhuma. Estava ali em pé, olhando desamparada para o pano, quando uma terceira velha apareceu. Trazia as mãos unidas diante do corpo, e May não pôde deixar de perceber seu polegar enorme.

– Que muitas bênçãos a protejam, Vovó – disse May.

– Que muitas bênçãos a protejam também, minha menina. Diga uma coisa, por que está tão aflita?

– Ai, Vovó. Tenho diante de mim uma tarefa impossível. A rainha me pediu que faça uma camisa para o príncipe usar no dia do seu casamento. E, se eu conseguir, serei a noiva. Mas não sei nada de costura. Se a rainha tivesse me pedido para arrancar uma estrela do céu, eu teria mais possibilidade de conseguir.

– Não se preocupe, menina – respondeu a velha –, eu farei uma camisa com esse tecido. Em troca, só peço que me chame de Tia e me convide para sentar à sua mesa no dia do seu casamento, sem se envergonhar.

É claro que May concordou, e na mesma hora caiu no sono. Sonhou com o príncipe e com um casamento esplêndido. Ao acordar, viu em cima da mesa uma camisa de qualidade tão refinada que decerto faria muitos reis lutarem para possuí-la. Os pontos delicados tornavam as costuras invisíveis, e os botões reluziam como pérolas. Encantada, May sufocou um grito. Bateram à porta, e logo a rainha estava a seu lado, maravilhando-se com a beleza do trabalho.

— Se você for tão boa como esposa quanto é como costureira, meu filho será um homem de sorte – ela disse. Depois, tomando May pela mão, a rainha a levou do aposento.

Assim que olharam um para o outro, o príncipe e May se apaixonaram. Sempre que May via o príncipe, seu coração se acelerava; e, sempre que o príncipe avistava May, era tomado por uma sensação de calor. Logo o palácio se agitou com os preparativos para o casamento.

— Só queria que minha mãe e minhas três velhas tias fossem convidadas – foi o único pedido de May em meio a todo o burburinho dos preparativos.

No dia da cerimônia, enormes multidões se postaram ao longo das ruas para desejar felicidade ao casal de noivos e para ver de relance os convidados. Passavam carruagens e mais carruagens, brilhando com prata e ouro, e delas saltavam homens e mulheres com trajes mais suntuosos, adornados com seda, veludo e cetim.

Em último lugar, vinha uma carruagem muito estranha. Tinha a forma de uma abóbora enorme e era puxada por vários pares de grandes camundongos brancos.

Dessa carruagem desceram as três velhas: a primeira com seu imenso pé de remo, a segunda com suas costas encurvadas e a terceira com seu polegar gigantesco. May deu um passo adiante e as recebeu com carinho, diante dos olhares espantados do rei, da rainha e do príncipe.

Depois da cerimônia de casamento, May convidou as três tias para sentarem com a família real à mesa principal. Havia uma montanha de comida em cada um dos seus pratos, e as velhas comeram à vontade. O príncipe não conseguia tirar os olhos das três convidadas estranhas. Sem conter a curiosidade, ele se voltou para a primeira tia.

– Perdoe-me, Vovó, mas como seu pé ficou tão grande?

– De tanto fiar, meu filho – respondeu a primeira velhinha. – O pedal da roda fez meu pé se alargar e engrossar, até chegar ao tamanho que tem hoje.

"Eu detestaria que minha mulher tivesse um pé desses", pensou o príncipe. Então ele se voltou para a segunda tia.

– E a senhora, Vovó, como suas costas ficaram tão tortas e encurvadas?

– De tanto tecer, meu filho – respondeu a segunda velhinha –, debruçada sobre o tear, manejando a lançadeira.

"Minha mulher jamais voltará a pôr as mãos num tear", pensou o príncipe. Por fim, ele se dirigiu à terceira tia.

– E seu polegar, Vovó, como foi que ele cresceu tanto?

– De tanto costurar, meu filho – respondeu a terceira velhinha –, o tempo todo puxando e torcendo a linha.

Agradecendo às três velhas tias, o príncipe voltou a atenção para May. Então, quando todos os convidados ergueram as taças para dar parabéns e bênçãos aos recém-casados, ele anunciou que, enquanto estivesse viva, sua mulher nunca mais haveria de fiar, tecer ou costurar um ponto que fosse.

May de fato jamais fiou, nem teceu, nem costurou um ponto que fosse. E ela e o príncipe viveram felizes por muitos anos. Durante todo esse tempo, ela nunca voltou a ver as três velhas tias.

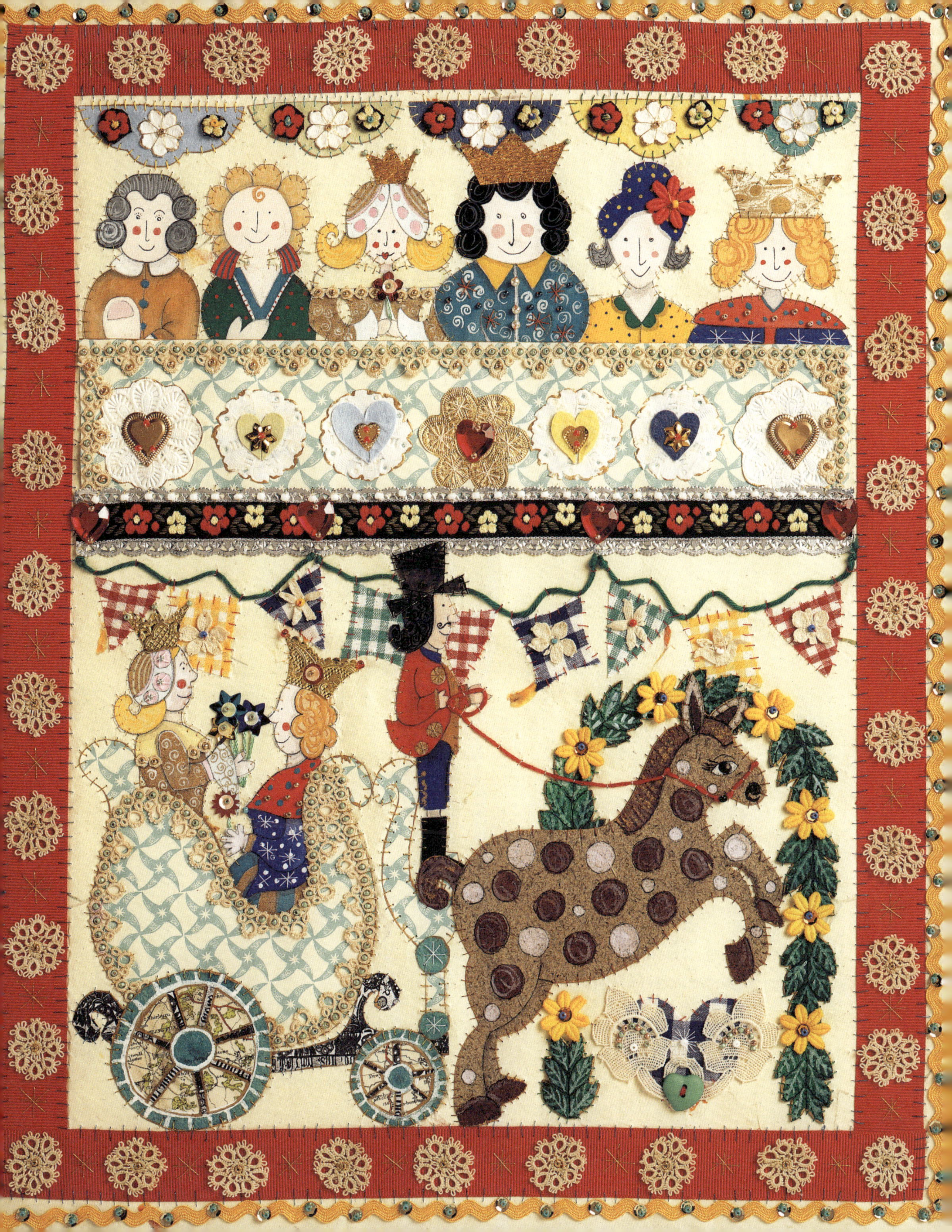

# Colchas de retalho: matelassê e patchwork

O *patchwork* nasceu da necessidade, mas acabou se tornando uma forma de arte específica. Antes da invenção do tear industrial, os tecidos eram caros e muito valorizados. Por isso, na maioria das residências, as roupas em geral eram consertadas cuidadosamente, com o uso de remendos.

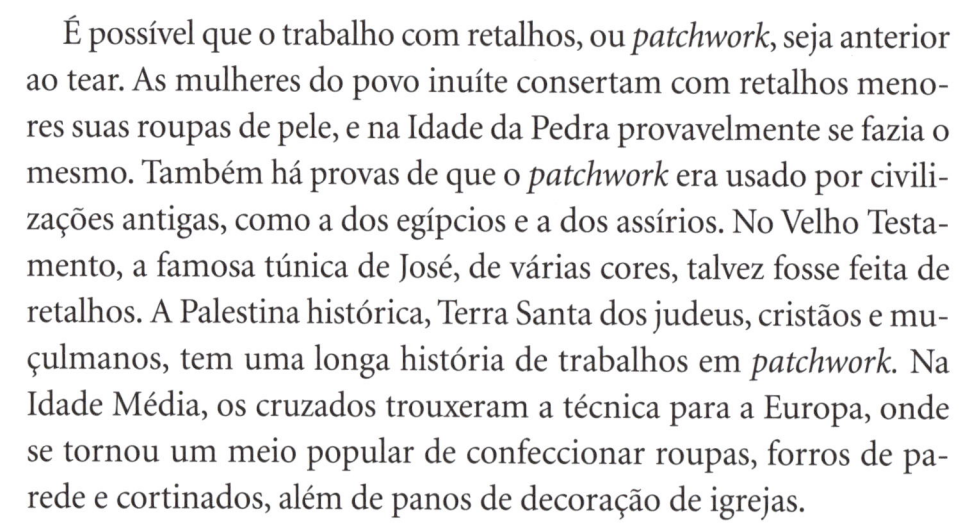

É possível que o trabalho com retalhos, ou *patchwork*, seja anterior ao tear. As mulheres do povo inuíte consertam com retalhos menores suas roupas de pele, e na Idade da Pedra provavelmente se fazia o mesmo. Também há provas de que o *patchwork* era usado por civilizações antigas, como a dos egípcios e a dos assírios. No Velho Testamento, a famosa túnica de José, de várias cores, talvez fosse feita de retalhos. A Palestina histórica, Terra Santa dos judeus, cristãos e muçulmanos, tem uma longa história de trabalhos em *patchwork*. Na Idade Média, os cruzados trouxeram a técnica para a Europa, onde se tornou um meio popular de confeccionar roupas, forros de parede e cortinados, além de panos de decoração de igrejas.

O matelassê – costura de duas camadas de tecido, tendo no meio um material macio e espesso, como o algodão ou a lã – também é usado desde tempos remotos em muitas partes do mundo, especialmente na China, na Índia e no Oriente Médio. Era utilizado na confecção de gibões militares usados por baixo da armadura, e podia até substituir a armadura. Na Europa do século XIV, as colchas de matelassê tornaram-se uma verdadeira forma de arte, mas foi na América do Norte que essa arte atingiu sua plena expressão durante o século XIX. Lá, as colchas eram feitas em grupo, muitas vezes para serem dadas de presente de casamento a um jovem casal. É um bom exemplo da ajuda mútua que foi tão fundamental para a sobrevivência dos pioneiros.

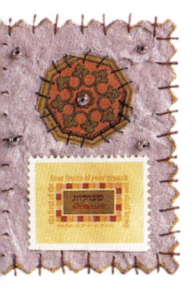

As diferentes regiões desenvolveram seus padrões e desenhos característicos, muitas vezes refletindo as origens étnicas do artesão. A choupana rústica de toras era um motivo muito comum: tiras de tecido eram unidas para formar um quadrado, que representaria o aconchego do lar. Contudo, não eram apenas os motivos que contavam a história. A própria escolha do tecido e o processo de criação de uma colcha era um registro da vida do artesão ou da artesã, cuja história era registrada em tecido e transmitida de geração para geração:

"Levei mais de vinte anos para fazê-la, acho que quase vinte e cinco, à noite depois do jantar, quando as crianças já estavam todas na cama. Minha vida inteira está naquela colcha. Às vezes, fico assustada quando olho para ela. Todas as minhas alegrias e todas as minhas mágoas estão pespontadas naqueles pedacinhos... Às vezes tremo quando me lembro do que aquela colcha sabe a meu respeito."

– Marguerite Ickis, *America's Quilts and Coverlets* [Acolchoados e mantas da América].

# O casaco de retalhos
*Conto judaico*

Era uma vez um homem chamado Khaim Yankl. Ele era tão pobre que, quando o vento soprava, passava assobiando pelas frestas das paredes da sua casa e o enregelava até os ossos. Era tão pobre que, quando o céu despejava chuva sobre a terra, a água pingava pelos buracos do telhado e formava grandes poças no chão. Era tão pobre que raramente conseguia uma migalha ou um cisco de comida para alimentar a mulher e os seis filhos. Todos passavam muita fome e muito frio.

Um dia Khaim Yankl pensou: "Isso não é jeito de ninguém viver. Vou sair pelo mundo para pedir esmolas."

Assim, Khaim Yankl despediu-se da família e pôs o pé na estrada, com seu violino debaixo do braço. Andou dias a fio, por florestas, cidadezinhas e aldeias. Em algumas cidades e aldeias, Khaim Yankl estendia as mãos para os transeuntes e, uma vez ou outra, alguém lhe dava uma moeda que ele escondia no fundo do bolso. Às vezes, ele pegava o violino e tocava na feira. Então logo se formava uma multidão à sua volta, enquanto ele extraía daquelas cordas melodias cheias de saudade e tristeza ou canções alegres e animadas. Essas músicas sempre provocavam uma generosa chuva de moedas.

No campo, Khaim Yankl conseguia serviços avulsos: fazia pequenos consertos, limpava ou revolvia a terra. Aceitava qualquer trabalho que surgisse, e não demorou para que as moedas tilintassem nos seus bolsos.

Mas com a prosperidade veio a preocupação. Logo as moedas passaram a pesar demais. Zelando pela segurança do dinheiro, Khaim Yankl trocou as moedas por notas de dinheiro. Então voltou a ficar preocupado, pois não conseguia pensar num lugar seguro para guardar as notas. Temia que fossem roubadas, tinha medo de perdê-las ou de que o vento as arrancasse das suas mãos. Por fim, teve uma ideia. Pegou agulha, linha e um retalho de pano. Costurou o retalho no seu velho casaco, deixando um lado aberto. Enfiou algumas notas por essa abertura e depois deu mais uns pontos para fechar o remendo. Pegou outro retalho e fez o mesmo. Quem haveria de imaginar o segredo escondido no velho casaco de Khaim Yankl?

À medida que passavam os dias e as semanas, o casaco de Khaim Yankl ia se cobrindo de retalhos de todos os tipos: lã, linho e fustão, vermelhos, amarelos e azuis, floridos, listrados e de bolinhas. Cada retalho escondia um gordo maço de notas. Ele costurou retalhos nas mangas, no colarinho, nos bolsos e no forro. Khaim Yankl agora tinha um casaco coberto de retalhos.

E assim correram os anos, e Khaim Yankl não notava como o tempo passava depressa. Logo sua mulher e seus filhos se convenceram de que ele tinha morrido. Para sustentar a família, a mulher lavava roupa para fora e limpava chão. À medida que iam crescendo, os filhos faziam o que podiam para ganhar algumas moedas.

Passaram-se vinte anos. Àquela altura, Khaim Yankl já era um homem rico. De repente ele se deu conta de que estava mais do que na hora de voltar para casa. Comprou um belo casaco novo com gola de pele, um par de calças elegantes, uma impecável camisa de linho e botas de couro resistentes. Depois, levando debaixo do braço seu casaco velho, ele partiu.

Quando chegou à aldeia, ninguém o reconheceu. Ele desceu a rua até sua casa e bateu com força na porta da frente, que estava com a pintura toda descascada. Uma jovem atendeu. Khaim Yankl a reconheceu: era uma de suas filhas queridas, já adulta. Mas, depois de tantos anos, a moça não o reconheceu, ainda mais com aquelas roupas novas tão elegantes.

– Posso falar com seu pai? – ele perguntou.

– Não tenho pai – respondeu a jovem. – Ele partiu há uns vinte anos, em busca da fortuna, e nunca mais voltou. Acho que morreu.

– Não! – gritou Khaim Yankl, muito feliz. – Seu pai sou eu! – e ele lhe deu um abraço forte e carinhoso.

Ora, a novidade se espalhou depressa. Todos os filhos vieram cumprimentá-lo, e por toda a rua os vizinhos informavam:

– Khaim Yankl voltou… e voltou milionário!

A mulher de Khaim Yankl estava trabalhando fora, limpando chão. Quando ouviu a notícia, não quis acreditar. Não era possível que fosse seu marido, depois de tantos anos. Quando ela chegou em casa, Khaim Yankl tinha ido à sinagoga para fazer suas orações. Deixara o casaco de retalhos pendurado num gancho, num canto da cozinha, e seu xale de orações estava largado sobre a mesa da cozinha.

Quando a mulher de Khaim Yankl entrou na cozinha, o xale foi a primeira coisa que viu. Surpresa, ela o apanhou e o segurou diante dos olhos.

Examinou o tecido conhecido, desgastado pelo tempo. Viu o bordado e o pedaço que ela tinha remendado, e imediatamente reconheceu que era o xale do marido. Na mesma hora foi para a cozinha preparar o almoço, com o coração aos pulos.

De repente, foi surpreendida por uma batida forte na porta. Era um mendigo pedindo esmola. É claro que a mulher de Khaim Yankl não tinha nada para dar ao homem, mas, pensando no marido, relutou em deixá-lo partir de mãos vazias. Olhando à sua volta, deu com um casaco de retalhos pendurado num canto da cozinha. Era a roupa mais velha e mais imunda que jamais tinha visto.

– Pegue – disse ela, entregando o casaco de retalhos ao mendigo. – É muito velho e provavelmente não vai ser muito útil, mas leve-o com minha bênção, por favor.

O pobre agradeceu, enrolou-se no casaco e foi embora.

Logo Khaim Yankl voltou da sinagoga, e muitas lágrimas de alegria foram derramadas por ele e pela mulher. Os dois se abraçaram, conversaram e comeram. Depois, a família inteira sentou para escutar a história do pai. Mal conseguiam acreditar que era ele, de fato, que estava ali sentado à mesa. Quando terminaram a refeição e os pratos foram retirados, Khaim Yankl tirou uma faca do bolso e começou a afiá-la numa pedra. A alegria da família se transformou em terror. E se aquele homem não fosse Khaim Yankl? E se fosse um assaltante que tivesse vindo assassiná-los?

Khaim Yankl se levantou e foi até o canto da cozinha. A mulher e os filhos se encolheram no canto oposto, e um deles foi para perto da porta, pronto para correr em busca de ajuda caso fosse necessário. Ao ver que o gancho em que tinha pendurado seu casaco velho estava vazio, Khaim Yankl procurou em vão por toda a cozinha.

– Mulher – perguntou ele –, você viu um casaco de retalhos?

Com o coração batendo forte, a mulher respondeu:

– Você está falando daquele casaco de retalhos velho e sujo? Ora, eu o dei a um mendigo que passou por nossa porta.

Ao ouvir essas palavras, Khaim Yankl desmaiou. A família esqueceu o medo e se juntou ao redor dele, molhando-lhe o rosto com água e dando-lhe tapinhas nas bochechas. Finalmente ele voltou a si e explicou:

– Ai, toda a minha fortuna, todo o dinheiro que juntei ao longo desses últimos vinte anos... estava tudo naquele casaco!

Ao ouvir essas palavras, a mulher de Khaim Yankl também desmaiou. Na mesma hora o homem se levantou, vestiu o casaco novo, pegou o violino e saiu de casa. Foi até a praça da cidadezinha e começou a tocar o violino. E cantou esta canção:

"*Sou um tonto, um pateta,
sou velho e imprudente.
Sou um tonto, um pateta,
Minha boca não mente.*"

As pessoas foram se juntando em torno dele, murmurando:

– Khaim Yankl... o que aconteceu com ele? Será que enlouqueceu?

Mas Khaim Yankl não parava de cantar:

*"Sou um tonto, um pateta,
sou bobo mas sou feliz.
Juntando-se ao meu violino
É minha voz que diz."*

As pessoas começaram a gritar:
– Khaim Yankl, você ficou louco, tocando esse violino no meio do dia?

Logo a cidade inteira estava ali, assistindo ao espetáculo. Comerciantes, mães com seus filhos, homens a caminho de casa para almoçar, todos paravam e ficavam olhando. Entre eles, estava o mendigo, com o casaco de retalhos. Khaim Yankl avistou seu casaco, uma revoada de cores vibrantes no meio da multidão. Então parou de tocar e gritou:

– Boa gente, vou lhes mostrar como sou tonto. O senhor aí – ele disse, apontando para o mendigo –, faça a gentileza de trocar de casaco comigo. Eu lhe dou meu casaco novo em troca desse seu casaco velho.

A multidão explodiu numa gargalhada ruidosa. Quem iria trocar um belo casaco novo, caro, de gola de pele, por um velho casaco de retalhos? O mendigo ficou muito contente, é claro. Abriu caminho em meio à multidão e, tirando o casaco velho, entregou-o a Khaim Yankl. Ali mesmo os dois fizeram a troca.

Era difícil dizer qual dos dois estava mais satisfeito. O mendigo, temendo que Khaim Yankl pudesse mudar de ideia, foi embora correndo. Khaim Yankl pegou de novo o violino e foi andando de volta para casa, cantando aos quatro ventos:

*"Bobo é ele, bobo é ele,*
*que não sabe o que trocou:*
*Devolveu a minha fortuna*
*e um simples casaco levou."*

Quando Khaim Yankl chegou em casa, a multidão já tinha se desfeito. Ele foi até a cozinha e, com a faca, começou a cortar as costuras que prendiam os retalhos. Um a um, os pedaços de pano foram se soltando do casaco. Estarrecida, a família via uma enorme quantidade de dinheiro se amontoando sobre a mesa. A partir daquele dia, Khaim Yankl, sua mulher e seus filhos viveram como gente rica, sem desejar nada, sem precisar de nada, mas sempre gratos pelo que possuíam. Quanto ao casaco de retalhos, ele foi consertado e pendurado no gancho no canto da cozinha. Khaim Yankl jamais quis ouvir falar em jogá-lo fora.

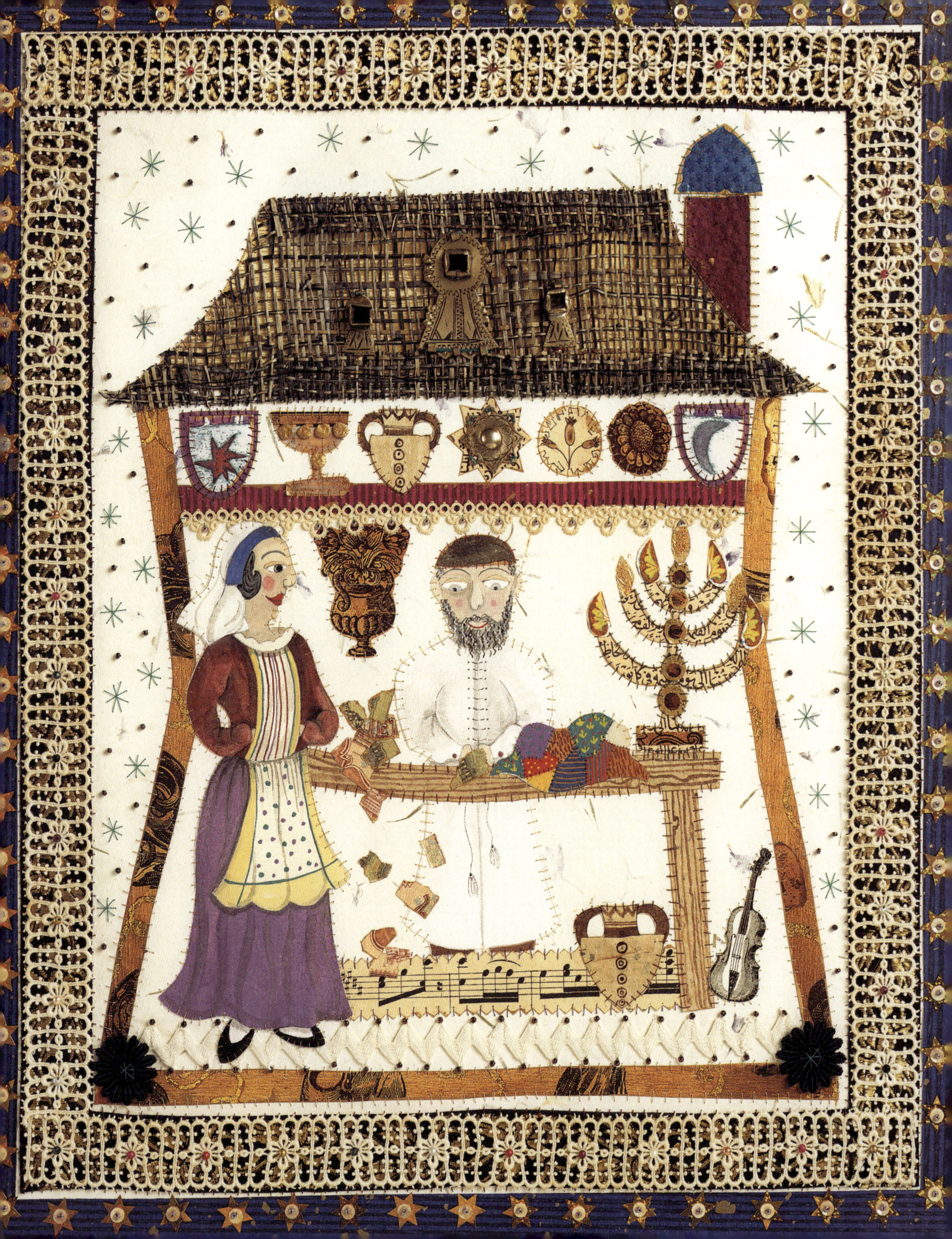

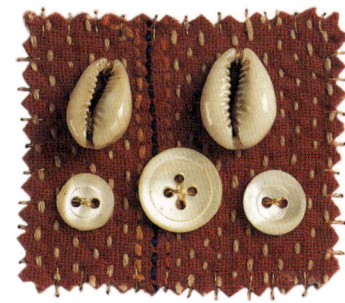

# Batique em Java

*A* Indonésia é famosa pelo seu batique. Esse tecido nacional característico é produzido primordialmente na ilha de Java. Os estudiosos não chegaram a um consenso sobre a época em que se iniciou a produção de batique em Java. O que se sabe é que o processo existe há muitos séculos: no Egito e no Oriente Médio foram encontrados fragmentos de tecido de batique datados de 1 500 a.C.

Os *tulis*, motivos rebuscados do batique, são desenhados no tecido com cera derretida, aplicada com o *tjanting*, espécie de caneta, ou com carimbos de cobre. Receitas para a mistura da cera são segredos guardados ciosamente. Aplicada a cera, é preciso esperar que ela seque sobre o tecido, tradicionalmente algodão ou seda. O corante, então, só é absorvido pelas áreas desprovidas de cera. O processo pode ser repetido diversas vezes, com cores diferentes, sendo que a cada vez desenhos em cera são acrescentados ou eliminados. O resultado é um leque complexo e impressionante de motivos e cores.

Muitas superstições estão associadas ao tingimento do tecido para garantir uma cor viva. Carne de frango, água da chuva ou cinzas de fogão a lenha podem ser acrescentados para repelir maus espíritos. Discussões domésticas devem ser evitadas.

Tradicionalmente, o corante mais comum é o índigo, feito a partir das folhas da anileira. Outros corantes naturais são o marrom da árvore *soga*, amarelo da árvore *jirak* e um vermelho escuro, chamado *mengkudu*, das folhas da *Morinda citrifolia*.

Mais de três mil motivos podem ser encontrados nos desenhos do batique. Os mais populares incluem losangos, argolas e muitas formas diferentes de animais e plantas. Alguns desenhos são regionais, enquanto outros indicam posição social, são exclusivos da realeza ou têm supostas funções mágicas.

Quando Damura, heroína desta história, sai da boca do crocodilo, vestida deslumbrantemente para a festa, ela está usando o tecido *prada*. É um tecido de batique decorado com pó de ouro, aplicado em mistura com clara de ovo. O tecido *prada* é reservado para ocasiões festivas e para uso cerimonial. A *kabaya* usada por Damura é uma espécie de camisa de renda que as mulheres da Indonésia vestem em ocasiões especiais.

Outras peças tradicionais de vestuário tingidas pelo método do batique são: o *kain sarong*, longa tira de pano que é envolvida no corpo, usado diariamente tanto por homens como por mulheres; o *selendang*, pano estreito e longo, usado pelas mulheres como xale, para carregar crianças ou compras; o *iket kepala*, pano quadrado usado pelos homens para cobrir a cabeça como turbante; e o *kemben*, um pano para cobrir os seios. O *dodot sarong* é um sarongue cerimonial com até seis vezes o comprimento de um *kain sarong*. Costuma ser usado pela noiva e pelo noivo no dia do casamento.

# A bênção do crocodilo
*Indonésia*

Era uma vez uma linda menina chamada Damura, que morava com o pai, a madrasta e a filha da madrasta numa aldeia à margem de um grande rio. Todos adoravam Damura. Ela sempre levava um pedaço de fruta para compartilhar com as crianças que brincavam nas ruas, arroz para os pobres e uma palavra reconfortante para os idosos. Enquanto fazia seu trabalho, Damura cantava feliz, e os pássaros e borboletas pairavam sobre ela formando um halo com as cores do arco-íris.

O pai de Damura era pescador, ofício que muitas vezes o levava para longe de casa. Nesses períodos, a madrasta de Damura mandava-a fazer os trabalhos mais pesados. Mas a menina nunca se queixava. Com o passar dos anos, Damura tornou-se uma bela jovem. Logo pretendentes começariam a fazer fila diante da casa para pedir ao velho pescador a mão da filha em casamento.

Um dia, a madrasta de Damura a chamou e ordenou:

– Damura, amanhã o chefe da aldeia vem almoçar conosco. Leve todas as nossas roupas e os panos da casa até o rio para esfregá-los muito bem.

Fazia apenas dois dias que Damura tinha lavado toda a roupa da casa, mas ela sabia que não adiantava discutir com a madrasta. Portanto, apanhou tudo o que precisava e desceu até o rio.

No entanto, quando a moça começou a lavar o melhor sarongue da madrasta, a correnteza lhe arrancou o tecido das mãos e o arrastou rio abaixo. Damura deu um grito de desespero. O rio era fundo, a correnteza era forte, e o sarongue logo desapareceu depois de uma curva. O que fazer? Damura levou a pesada cesta cheia de roupa por lavar para uma parte mais alta da margem e partiu em busca do sarongue, na esperança de que o rio o tivesse lançado na margem um pouco mais adiante. Ela caminhou ao longo do rio por horas a fio, até que o sol foi baixando no oeste. Então Damura sentou e começou a chorar.

– Damura, por que está chorando aqui junto do rio? – disse uma voz. – O mar já não tem sal suficiente? – Damura ergueu os olhos e viu, do outro lado do rio, dois olhos redondos e enormes que a espiavam. Era um crocodilo. Damura tinha pavor de crocodilos, mas respondeu educadamente.

– É muita bondade sua, Crocodilo, reservar um pensamento para mim! Se eu soubesse que minhas lágrimas o perturbariam, eu as teria contido. Mas receio que elas sejam demasiadas até para o mar, pois o rio levou o melhor sarongue da minha madrasta, não tenho coragem de voltar para casa sem ele.

– Damura – respondeu o crocodilo –, não se desespere. Vou ajudá-la, mas antes é você que precisa me ajudar. Suba nas minhas costas.

Damura hesitou. O crocodilo era grande e tinha dentes enormes e reluzentes. Mesmo assim, era melhor ser devorada por um crocodilo do que voltar para casa sem o sarongue. Ela foi andando pela água rasa e montou nas costas do animal.

– Segure-se bem, Damura – ele gritou, agitando o rabo comprido e coriáceo para mergulhar. A água marrom e lodosa do rio entrou pelos olhos e pelo nariz de Damura, mas ela continuou segurando firme. Logo o crocodilo voltou à superfície, perto de uma caverna formada por galhos intrincados. Ele bateu o rabo ruidosamente, e da caverna saiu um filhote de crocodilo.

– Damura, se você ficar aqui cuidando do meu filhote, vou buscar o sarongue perdido – disse o crocodilo. Damura fez que sim e, pela segunda vez, o crocodilo mergulhou e desapareceu.

Damura sentou junto do crocodilinho, que se enrodilhou ao seu lado. Ela começou a cantar canções de ninar do rio e do mar. Eram canções que falavam dos crocodilos do rio, da sua agilidade, força e esperteza, do sol quente que lhes acariciava o corpo. Por fim ela cantou uma canção que falava da doçura do bebê crocodilo. E então o filhote adormeceu.

– Ah, Damura, você cuidou bem do meu bebê, e eu encontrei seu sarongue – disse a voz da mãe crocodilo.

E, de fato, lá estava ela trazendo o sarongue na boca.

Damura agradeceu.

– Da sua boca só saem palavras doces – respondeu o crocodilo –, e vou torná-las mais doces ainda. Beba água do rio, Damura, e não fale com ninguém até chegar em casa.

Damura obedeceu. O crocodilo então a levou de volta para onde estava sua cesta, e ela encontrou a roupa toda lavada, seca e muito bem dobrada.

Damura voltou depressa para casa. Quando começou a explicar por que tinha demorado tanto, moedas de ouro foram saindo de sua boca e caindo no chão. Assombrados, a madrasta e o pai ouviram Damura contar sua aventura. Então a madrasta resolveu também mandar sua filha até o rio.

Na manhã seguinte, lá se foi a filha da madrasta levando a cesta de roupa. Preguiçosa, de início ela ficou sentada à margem do rio, retorcendo o cabelo. Depois de algum tempo, pegou o melhor sarongue de sua mãe, jogou-o no meio do rio e saiu andando ao longo da margem. Os galhos das árvores se enganchavam na sua blusa e se enroscavam no seu cabelo, e ela maldizia o rio e os problemas que ele estava lhe causando. Arranhada e despenteada, ela se sentou e começou a chorar.

— Por que está chorando? – perguntou uma voz grave, aquosa. – O mar já não tem sal suficiente?

— E não é para chorar? – a filha da madrasta respondeu para o crocodilo. – Veja só minha roupa… toda rasgada e esfarrapada. E minha pele… toda arranhada e cheia de picadas de mosquito. E olhe para mim… obrigada a caminhar ao longo deste rio para encontrar o sarongue da minha mãe!

— Não se queixe da sorte. Vou ajudá-la, se você me ajudar – respondeu o crocodilo. – É só subir nas minhas costas.

Toda desajeitada, a garota subiu nas costas do crocodilo.

— Uuuui! Como sua pele é fria e pegajosa! – ela exclamou.

O crocodilo abanou o rabo comprido e mergulhou. A filha da madrasta abriu a boca para dar um berro, mas a água marrom e lodosa a fez engasgar-se. Espirrando, cuspindo e praguejando, a garota subiu à tona, sempre nas costas do crocodilo, diante da caverna de galhos. Mais uma vez o crocodilo bateu com o rabo na margem do rio, e o filhote apareceu.

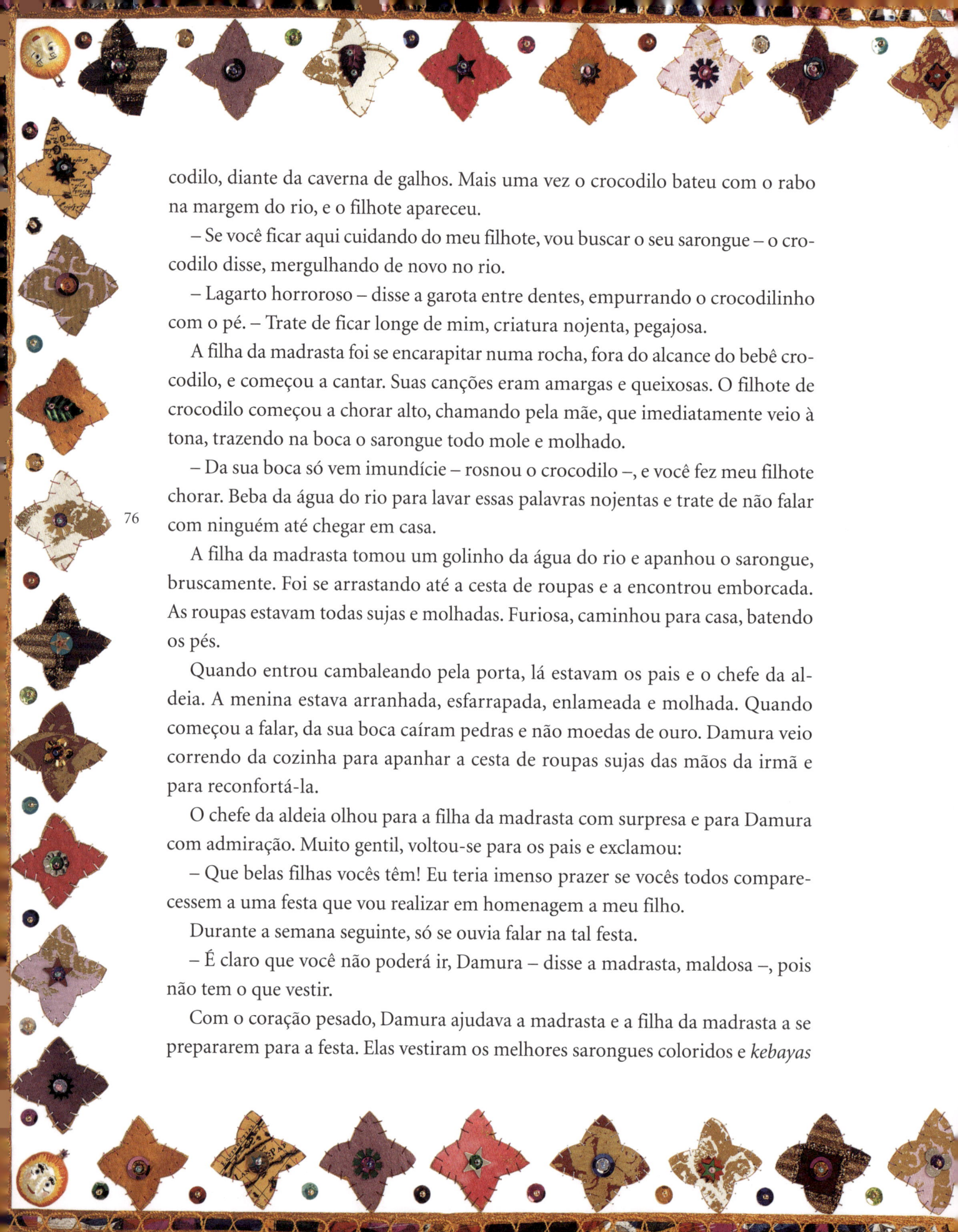

– Se você ficar aqui cuidando do meu filhote, vou buscar o seu sarongue – o crocodilo disse, mergulhando de novo no rio.

– Lagarto horroroso – disse a garota entre dentes, empurrando o crocodilinho com o pé. – Trate de ficar longe de mim, criatura nojenta, pegajosa.

A filha da madrasta foi se encarapitar numa rocha, fora do alcance do bebê crocodilo, e começou a cantar. Suas canções eram amargas e queixosas. O filhote de crocodilo começou a chorar alto, chamando pela mãe, que imediatamente veio à tona, trazendo na boca o sarongue todo mole e molhado.

– Da sua boca só vem imundície – rosnou o crocodilo –, e você fez meu filhote chorar. Beba da água do rio para lavar essas palavras nojentas e trate de não falar com ninguém até chegar em casa.

A filha da madrasta tomou um golinho da água do rio e apanhou o sarongue, bruscamente. Foi se arrastando até a cesta de roupas e a encontrou emborcada. As roupas estavam todas sujas e molhadas. Furiosa, caminhou para casa, batendo os pés.

Quando entrou cambaleando pela porta, lá estavam os pais e o chefe da aldeia. A menina estava arranhada, esfarrapada, enlameada e molhada. Quando começou a falar, da sua boca caíram pedras e não moedas de ouro. Damura veio correndo da cozinha para apanhar a cesta de roupas sujas das mãos da irmã e para reconfortá-la.

O chefe da aldeia olhou para a filha da madrasta com surpresa e para Damura com admiração. Muito gentil, voltou-se para os pais e exclamou:

– Que belas filhas vocês têm! Eu teria imenso prazer se vocês todos comparecessem a uma festa que vou realizar em homenagem a meu filho.

Durante a semana seguinte, só se ouvia falar na tal festa.

– É claro que você não poderá ir, Damura – disse a madrasta, maldosa –, pois não tem o que vestir.

Com o coração pesado, Damura ajudava a madrasta e a filha da madrasta a se prepararem para a festa. Elas vestiram os melhores sarongues coloridos e *kebayas* de renda. Pulseiras e anéis adornavam seus pulsos e seus dedos; e Damura escovou-lhes os cabelos escuros e longos, até ficarem brilhantes.

– Onde está Damura? – perguntou o pai, quando estavam prestes a sair.

– Ah, pobre Damura – mentiu a madrasta –, ela não está se sentindo bem e por isso não vai poder vir conosco.

Assim que eles saíram, Damura foi se sentar na margem do rio. Ficou olhando para a lua prateada, e uma lágrima lhe escorreu pelo rosto.

– Ora, Damura, por que está chorando? – disse uma voz conhecida. – O mar já não tem sal suficiente?

– Ai, Crocodilo, você tem sido tão bom para mim! Mas no meu mundo há pouca bondade – suspirou Damura. – Minha família foi à festa e eu fiquei aqui sozinha porque não tenho o que vestir.

– Não chore, Damura, vou ajudá-la – disse o crocodilo, com um sorriso. – Chegue um pouco mais perto e entre na minha boca.

Com as pernas tremendo de medo, Damura se aproximou. Levantou a aba do sarongue e entrou na enorme boca escancarada do crocodilo. Brilhando na escuridão, viu um belíssimo tecido *prada,* de batique de folhas de ouro, a mais primorosa *kebaya* de renda, uma jaqueta de seda dourada e delicadas sandálias douradas.

– Vista-se depressa – disse a voz grave e retumbante do crocodilo.

Damura saiu da boca do crocodilo radiante como a lua. Seu cabelo reluzia, denso e escuro como o rio noturno, e seus olhos faiscavam como as estrelas no céu.

O crocodilo bateu com o rabo duas vezes na margem do rio, e Damura se viu diante da casa do chefe da aldeia. Lá de dentro vinha o som de música e risos. O aroma de boa comida e de frutas tropicais frescas impregnava o ar da noite. Sentado sozinho do lado de fora estava o filho do chefe da aldeia. Estava vestido com todo o requinte, mas parecia entediado e infeliz. Quando avistou Damura, ele sorriu.

– Vejo que você também está se escondendo de toda aquela gente barulhenta – ele disse. – Parece uma sala cheia de macacos.

Damura riu e o rapaz a convidou para se sentar a seu lado. Os dois conversaram a noite inteira, e ao amanhecer Damura se levantou para ir embora.

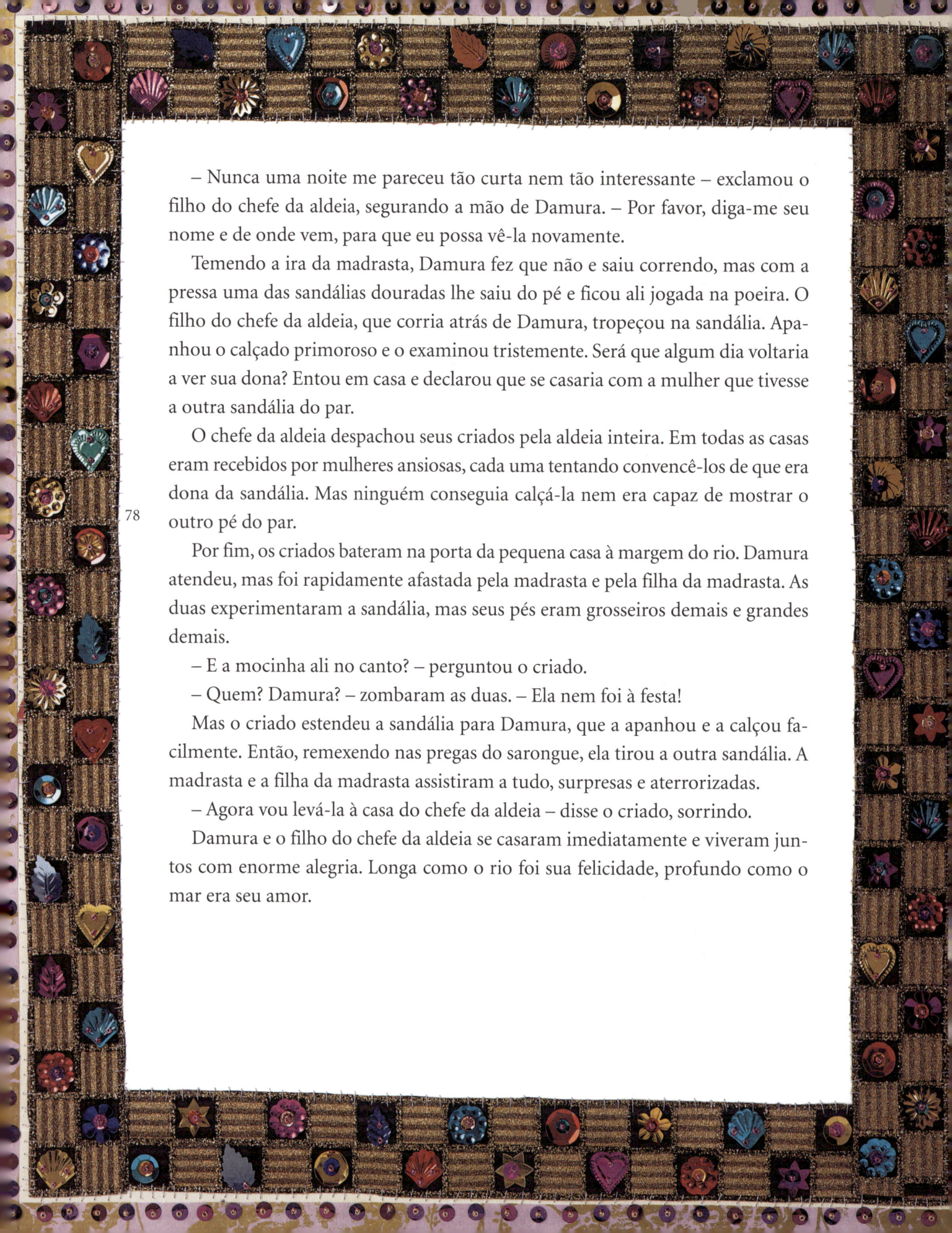

– Nunca uma noite me pareceu tão curta nem tão interessante – exclamou o filho do chefe da aldeia, segurando a mão de Damura. – Por favor, diga-me seu nome e de onde vem, para que eu possa vê-la novamente.

Temendo a ira da madrasta, Damura fez que não e saiu correndo, mas com a pressa uma das sandálias douradas lhe saiu do pé e ficou ali jogada na poeira. O filho do chefe da aldeia, que corria atrás de Damura, tropeçou na sandália. Apanhou o calçado primoroso e o examinou tristemente. Será que algum dia voltaria a ver sua dona? Entou em casa e declarou que se casaria com a mulher que tivesse a outra sandália do par.

O chefe da aldeia despachou seus criados pela aldeia inteira. Em todas as casas eram recebidos por mulheres ansiosas, cada uma tentando convencê-los de que era dona da sandália. Mas ninguém conseguia calçá-la nem era capaz de mostrar o outro pé do par.

Por fim, os criados bateram na porta da pequena casa à margem do rio. Damura atendeu, mas foi rapidamente afastada pela madrasta e pela filha da madrasta. As duas experimentaram a sandália, mas seus pés eram grosseiros demais e grandes demais.

– E a mocinha ali no canto? – perguntou o criado.

– Quem? Damura? – zombaram as duas. – Ela nem foi à festa!

Mas o criado estendeu a sandália para Damura, que a apanhou e a calçou facilmente. Então, remexendo nas pregas do sarongue, ela tirou a outra sandália. A madrasta e a filha da madrasta assistiram a tudo, surpresas e aterrorizadas.

– Agora vou levá-la à casa do chefe da aldeia – disse o criado, sorrindo.

Damura e o filho do chefe da aldeia se casaram imediatamente e viveram juntos com enorme alegria. Longa como o rio foi sua felicidade, profundo como o mar era seu amor.

# Fontes

### ANAEET, A PERSPICAZ
Este é um conto híbrido que reúne os melhores pontos de variantes armênias e persas de uma história similar. A versão original armênia pode ser encontrada em *The World of Folktales* [O mundo dos contos populares], de James Riordan (Hamlyn, Londres, 1981); e a versão persa, em *World Folktales: An Anthology of Multicultural Folk Literature* [Contos populares do mundo: uma antologia de literatura folclórica multicultural], de Anita Stern (National Textbook Company, Illinois, 1994).

### O TECIDO DA SERPENTE PEMBE MIRUI
Encontrei esta singular história suaíli em *African Folktales: Traditional Stories of the Black Worlds* [Contos populares africanos: histórias tradicionais dos mundos negros], de Roger D. Abraham (Pantheon Books, Nova York, 1983). Na relação entre Amadi e o gato ardiloso há semelhanças com o conto *Gato de botas*.

### O BROCADO DE SEDA
Esta conhecida história chinesa é comumente encontrada em coletâneas de contos de fadas, mas eu a fiquei conhecendo ao ouvi-la contada oralmente. Há versões deste conto em *Best Loved Folktales of the World* [Os contos populares preferidos do mundo], de Joanna Cole (Anchor Books, Londres e Nova York, 1982), e em *The Spring of Butterflies and other Chinese Folktales* [A fonte de borboletas e outros contos populares chineses], de He Liyu (Collins, Londres, 1985).

### A CAPA DE PLUMAS
Por ter nascido no Pacífico Sul, eu queria incluir nesta coletânea um conto dessa bela região do mundo. Fiquei conhecendo essa história lendo-a em *Myths and Legends of the Polynesians* [Mitos e lendas dos polinésios], de Johannes C. Andersen (George G. Harrap and Company, Edimburgo, 1928).

### AS TRÊS FADAS
Esta história é uma variante nórdica de "As Três Fiandeiras", de Grimm (*The Complete Grimms' Fairytales* [Contos populares completos de Grimm], Routledge, Londres, 1983; ver também *Old Norse Fairytales* [Antigos contos de fadas nórdicos], de George Stephens e H. Cavallius, W. Swan Sonnerschein & Co., Londres, *circa* 1880). Ela também apresenta semelhanças com a conhecida história de "Rumpelstiltskin", com as três fadas benévolas no lugar do homenzinho mal-humorado.

### O CASACO DE RETALHOS
Esta história deliciosa pode ser encontrada na excelente coletânea de Leonard Wolf *Yiddish Folktales* [Contos populares iídiches], organizada por Beatrice Silverman Weinreich (Yivo Institute/Pantheon Books, Nova York, 1988).

### A BÊNÇÃO DO CROCODILO
Esta é uma das muitas versões da história de Cinderela que são contadas no mundo inteiro. A "semente" desta história veio de *Pacific Mythology* [Mitologia do Pacífico], de Jan Knappert (Aquarian Press, Londres e Nova York, 1992).

# Bibliografia

Baines, Patricia, *Spinning Wheels, Spinners and Spinning,* Batsford, Londres, 1977.

Bisighani, J. D., *Hawaii Handbook,* Moon Publishers, Chico, 1989.

Bushnaq, Inea (trad. e org.), *Arab Folktales,* Pantheon Books, Nova York, 1986.

Colby, Averil, *Patchwork,* Anchor Press, Londres, 1958.

Edwards, Philip (org.), *The Journals of Captain Cook,* Penguin, Londres, 1999.

Folkard, Richard, *Plant Lore Legends and Lyrics,* Sampson Low, Marston & Co., St Dunstans House, Londres, 1884.

Fraser-Lu, Sylvia, *Indonesian Batik: Processes, Patterns and Places,* Oxford University Press, Oxford, 1986.

Gilchrist, Cherry, *Stories from the Silk Road,* Barefoot Books, Bristol, 1999.

Ginsburg, Madeleine (org.), *The Illustrated History of Textiles,* Studio Editions, Londres, 1991.

Glausiuss, Gilbert, *The Persian Carpet,* Nova Fine Art Corporation, Christchurch (Nova Zelândia), 1981.

Harris, Jennifer (org.), *5,000 Years of Textiles,* Harry N. Abrams, Londres, 1993.

Lurie, Alison, *The Language of Clothes,* Heinemann, Londres, 1981.

McCabe Elliot, Inger, *Batik: Fabled Cloth of Java,* Viking Penguin, Londres, 1984.

*The Origins of String: An Interview with Elizabeth Barber* (entrevista de rádio), Australian Broadcasting Corporation, 1998.

Picton, John e Mack, John, *African Textiles: Looms, Weaving and Design,* British Museum Publications, Londres, 1979.

Rout, Ettie A., *Maori Symbolism: Evidence of Hohepa Te Rake,* Kegan Paul, Trench, Trubner & Co., Nova Zelândia, 1926.

Safford, Carleton L. e Bishop, Robert, *America's Quilts and Coverlets,* Studio Vista, Londres, 1974.

Sharaf Justin, Valerie, *Flatwoven Rugs of the World,* Van Nostrand Reinhold, Nova York, 1983.

Spring, Christopher, *Treasury of Decorative Art and African Textiles,* Studio, Londres, 1997.

Te Para Tongarewa (o Museu da Nova Zelândia), *Traditional Arts of Pacific Island Women* (catálogo da exposição), Wellington, 1993.